行書

ㄒㄧㄥˊ ㄕㄨ

且行且書 且成書

劉鋆

踽行於故事之城／錢翔

自序

目次

獻給

與我一起在這些城市行走探索的家人

踽行於故事之城

錢翔

我們在人生空間中或踟躇或浪行，也終究消失
而支撐著自身存在的脊桿
是曾經發生的故事
或真實或虛構

當故事存在了

無常的生命也就得到了延續

請幻想自己走在一片無垠的城市，在這個城市裡有無數故事建構的屋宇，首先，你會看到一大群高聳屹立，極其巨大浩瀚的房子，有些長得莊嚴肅穆不近人情，如尤里西斯，也有一些外表色彩繽紛搖曳生姿，如哈利波特，你對它們雖不見得熟悉，但卻總不至於陌生，一如行走在香港中環，日本新宿，紐約曼哈頓。它們是知名的建築，你在其中穿梭。

轉個彎，繞開高樓群，你會見到一群較為矮小的樓房，這裡人群稀少了些，但儼然還是菁英聚會之所，這裡雖然不再是摩天大樓，卻是門禁森嚴，不由得高聲談笑與嬉戲，你注意到了，這裡的人，臉上面無表情但似乎有股傲氣，這個地區像是青山三丁目，或是倫敦切爾西。

再走，你終於走到了城市的邊緣，你在樓宇之間瘓了脖子，疼了眼，需要一杯廉宜的咖啡，需要一張舒服的椅子，你坐了下來，身心俱鬆，因為舒適，雙眼開始迷濛，耳畔幽幽地響起了土耳其的音樂，彷彿聞到蘋果茶的氣味，不，是甘蔗汁，或許是五花茶，你微微睜開眼，一隻巨大的鰻魚從眼前倏地飛過，你嚇了一跳，趕忙坐起，發現只是少女身上飄逸的黃圍巾，而在那回眸之際，你居然看見了久違的愛情……

我自己是試著寫故事的人，每回書寫，都像是在泥淖之中和豬打架，步履遲緩，骯髒，聲嘶力竭而且最後頹然倒下，書寫對我而言乃重中之重，劉鋆說她寫得東西是城市輕文學，我從不知道那是什麼，讀了，理解了，沒有城市輕文學，其實她寫得是「若輕」。

之所以輕，因為書中文字輕鬆地飛躍了時間的限制，自在地跳過了地理的框柩，彷彿歷時且共時的讓我們感受到了這個世界的色彩，這個輕，來自於不被拘束的視野。然而，它並不全然輕，是若輕，若輕後面都有個沈重，能夠若輕，不在於迴避，而在於切入的角度與力量。

我是熟識劉鋆的，我知道這些年間她輾轉居住過許多城市，行腳了許多國家，在每一個足跡踏過的地方，她勾起了一串串的故事，這些故事對我而言，乍看彷彿熟識，細看卻又模糊，似有若無之間，我理解了她把自己的靈魂細細巧巧的編織進了每一個故事裡，優雅而溫柔的親撫著沈重的心。因為她的聰明所以有了獨特的視角，因為親膚之痛所以有了溫柔的力量。

走到了城市的邊緣，我們怡然的坐了下來

我們見識過了那些高樓廣廈，擦身了那些西裝革履

此刻的眼前來來往往的人們

我們是熟悉的

且彷彿身在其中

也許

我們的存在只是希望成為一個故事……

自序

最近幾次的羽球運動時間，都被眼尖的朋友發現自己拿著球拍卻打不到球，只是不斷地打呵欠。試想你在清晨薄霧瀰漫的河堤邊看見一個穿著dry-fit排汗衫、有內搭的時尚跑褲的跑者，並且耳戴塞入式耳機，手背上有部小ipod，卻一邊慢跑一邊打呵欠……真是令人感到哀傷與煞風景啊。然後我昨晚又做了個「被要求」去參加羽球比賽的夢，夢中我的編輯和美術每個人都為了我臨時要去比賽而忙碌著，有的幫我找球拍，有的幫我找球衣，連我老公的臭襪子都翻了出來，但就是找不到我的YY短褲。個子瘦高的美術還特別拿著髮夾告訴我說，瀏海還是不要夾吧，額頭太亮了，像清朝人！然後，我聽到廣播說「林丹上場了，戴姿穎也來了喔……。」我非常不解的對身旁已經亂成一團的編輯群們說「為什麼要找一個學習打球還不到一年的大嬸上去丟人現眼呢？況且，我連比賽的是單打、女雙還是混雙都不知道呢……？」還好緊要關頭我醒了過來，逃過了看到自己上場比賽的尷尬。這一覺，我睡的好累。

因此，關於寫書出書這件事，我有了一個小結論，把21個故事寫完，並不算真正的「完成」這件事兒，只要還沒真正的加入「上市」這個「比賽」，焦慮的心情是一直存在的。

因為地球上每個城市如此不同，所以我們不斷的旅行，並且樂此不疲。很幸運地，這本書裡21故事發生的背景，大城市如北京、布達佩斯、里斯本，小地方如越南順化、古都邯鄲甚至青藏高原上的曲麻萊鄉，都是我親身走過、居住，卻又遠離的城市。而當我書寫這21個城市故事的時候，我彷彿又重新旅行了一次，再次憶起了順化甘蔗汁的甜美或者上環那碗五花茶的滋味。並且，想起了路上遇到的那些面孔與曾經互稱為友，而今卻完全失去聯絡的人。這21個故事裡關於城市歷史與地理的描述全部屬實，情節人物純粹就是我個人的喜好與猜想。記得曾經看過一句話，刻在某個城市火車站前的銅牌上：「帶著你的知識一起旅行」，一點知識，加一點想像，以及Russian Red的音樂，讓我完成了這本且行且書的城市故事集。

寫這些故事的時候，遠居德國的嫂嫂臉書問我，有沒有寫到他們居住的那個城市。我於是想起了許多被我遺漏的地方，像是杜賽道夫廚具店裡那個高大又驕傲的女人、赫爾辛基碼頭邊做羊毛氈的老太太、諾基亞老幹部Vesa家餐桌上的小野莓和被我打破的香檳、海德公園裡圍著面紗日光浴的中東女子、大雪中黑色日本海的快樂食堂、斯德哥爾摩當代美術館草地上的人造蝴蝶、柏林那座讓我分不清東西方的檢查哨、京都雨中奔跑的浴衣女子與一起看煙火的蛇……。旅行的經歷很美妙，不過，一旦落筆成書就需要有閱讀的人來一起成就這種美妙了。

我那快過八十大壽的媽媽最近迷上用ipad聽老歌，蔡琴的，江蕙的，鄧麗君的，費玉清的。有時候她還會找出演唱會版本做比較。最近一次她告訴我，關於油麻菜籽這首歌，她喜歡李宗盛的多一些，但是因為要學著唱，所以還是得聽蔡琴的版本。我佩服她對於新工具的學習與沉迷，但同時卻又擔心著，連老人家都被摩登的電子產品征服了，像我們這種傳統的紙本書，大家還有興趣閱讀嗎？

文學作品總能打動人心，但一用上「文學」這二字就好像嚴重了起來。但文學其實也可以跟著時代的喜好前行，當代文學也可以輕輕的，就像輕食一樣，沒有負擔的閱讀，好消化，隨時可讀，並且容易成為一種習慣。如果，依揚想亮出版社為文學減重的概念可行，那麼「城市輕文學」將不只以一種面貌出現，城市與人，故事日日千千百百，我們會盡力把城市輕文學帶到每個喜歡閱讀的人身邊。感謝依揚想亮的夥伴們創造了一種結合文字、影像與音樂的城市新文學，城市輕文學。

不過就如我的羽球夢境一般，現實的人生也是虛虛實實，但，一切都要「上場比賽」過後才知結果如何，或許也會有意想不到的結局發生也說不定呢。因此，關於夢境這件事我又有了一個小結論，我還是應該拿出勇氣繼續做夢，不要醒來，看看結果到底如何才是。

（順道一提，書封底那雙跟著我旅行了幾年的鞋，最終被我丟棄在德國杜賽道夫國王大道上的一個垃圾桶裡，丟棄他的時候，他開口大笑。好在，我在他年輕的時候曾經用不高明的繪畫技巧留下了他的身影，使得他為這本行走之書增添幾分色彩，我在心中深深感謝。）

夏日陽光下閃閃發亮的金礦

Trinity Square, Banska Stiavnica

「所有匈牙利王國的金、銀寶藏都來自我們的腳下呢。」三位一體廣場邊的露天咖啡座裡，老人邊咳嗽邊跟女孩說。老人臉上掛著大大的太陽眼鏡，眼鏡幾乎遮去他的半張臉；老人的皮膚略顯蒼白，在黃昏的光照下，全身散發出不夠明亮的銀色光輝。

「但我們斯洛伐克人卻這麼窮……」女孩約莫二十五歲，比大多數的斯洛伐克女人看起來時髦多了，不僅願意在石板路上踩高跟鞋，指甲也修的很漂亮，上面還貼了很多亮晶晶的小碎花。不過她臉上的線條比較像德國女人，一看就知道有日耳曼人的血液。班斯卡什佳夫尼察是個人口才一萬人的斯洛伐克小鎮，也是世界文化遺產，不過小鎮上卻有不少喀爾巴阡德國人的後代。女孩就是其中一個。

「我一輩子經手的金銀財寶真是太多了……」老人繼續他的咳嗽，話題也離不開他一輩子的工作，礦工。老人雖然挖的不是煤礦，但是肺還是一樣的不好。老人一輩子在沒有陽光的地方工作，他說自己是二戰時另一種見不得天日的「地下工作」人員，只是冒的險不一樣，存活率也比較高一點。不過遺憾的是，他覺得自己一輩子沒有好好地享受過陽光下的青春。

「爺爺劣質菸草抽太多了啦！」女孩一邊心疼老人的咳嗽，卻一邊從包包裡拿出從巴黎帶回的香菸。她很有經驗的從中彈出了一支菸，並且把火點上，然後遞給老人。

「我不習慣人家幫我把菸捲好，就像我不習慣看那些被做成飾品或器物的『銀』。」老人接過菸說。的確，老人挖了一輩子的銀礦，不但手上沒有銀戒子，脖子上沒有銀項鍊，甚至家裡連一樣銀製品都沒有，除了一顆巴掌大的銀礦石。

這顆銀礦石陪了老人超過半個世紀了，是當年老人的妻子生下兒子時，老人送她的禮物。老人那時候告訴妻子，她生下的這個小寶貝就像這塊礦石一樣，誰也不知道他未來會變成什麼，因此讓人充滿了期待。

三十年之後，那顆銀礦石旁出現了金礦石，女孩出生了。女孩的父親對女孩的母親說，謝謝妳帶給我這顆閃閃發亮的金礦，我自己一輩子沒成就，還是一顆琢磨不出的礦石，但我希望我們的女兒能有一個不一樣的未來，閃爍得像夏日陽光一樣的燦爛未來。

從小，女孩就很自發的認真念書，她說一定要改變自己和家人的命運，爺爺挖銀礦，父親挖金礦，但這個家族還是家徒四壁，連陽光都照不進來。所以她盡可能的不要再跟金礦銀礦甚至這個小鎮有任何關聯。她在巴黎念大學時就四處打工賺錢，畢業了有了穩定的工作，但還是兼了兩份工，其中一個是藝術學院的人體模特兒。

她從十八歲到巴黎的第二個月就開始了這個模特兒的兼差，那時她身體的線條稚嫩柔軟像水一樣，不僅讓藝術學校的學生著迷，更讓授課老師刻意要跟她的身體保持距離，不敢碰觸。剛開始的她很生澀，不懂得展現自己身體的美，也沒有耐心和定力保持兩個小時不動，後來助教開始在上課的時候放巴哈的音樂，才終於讓教室裡的每個人都能專心的做自己該做的事。

「跟妳說件事情，」男人從背後撫摸著女孩的腰側說：「妳現在的線條不一樣了呢。」

「我胖了嗎？還是老了？」女孩認真的問。

男人的手指從女孩的額頭開始，經過她的鼻子，下巴，鎖骨中心，乳房中間一路向下移動著。男人用著非常柔軟細小的聲音在女孩耳邊說：「妳真的很特別，妳臉上的線條其實是很中性的，甚至，從某個角度看還有點陽剛，但是一到了鎖骨，整個線條就變得完全柔和了起來，尤其是妳的腰和大腿外側……」男人轉過身，戴上放在床頭的眼鏡說：「妳要感謝我，因為我的愛，讓妳變得成熟了，這才是女人的線條。再加上妳因為經常感受到身體的愉悅，所以現在懂得了放鬆，更能在課堂上展現自己的美了……」男人的手充滿欣賞地撫摸著女孩的身體，有時候很輕很輕，甚至輕到幾乎沒有碰觸。

他清楚地記得女孩來面試模特兒時候的害羞，完全不敢跟他和助教有任何的眼神接觸，他和助教都覺得這女孩的身體線條美呆了，雖然他們倆個彼此一句話都沒有說，但兩人都清楚的知道，他們挖到寶了。男人非常期待每一次的人體素描課，但他更珍惜這女孩的身體，所以特別刻意地跟她保持距離，他不希望因為自己的衝動而毀了眼前這美好的一切。

這份兼差，不僅讓女孩的生活較為寬裕，也讓她這個在巴黎求學的外國女孩更懂得如何融入眾人的眼光。剛到這個城市的時候，因為自己的口音，總覺得大家看她的眼光都帶著憐憫，喔，妳從斯洛伐克來的呀……。每次聽到這種話，女孩的心裡就很不是滋味，彷彿她的出生地是一個陰暗潮濕見不得光的次等城市。但是模特兒的這份工作，卻給了她自信，久而久之讓她不再害怕陌生人的眼神。在那一兩個小時的靜默中，她從別人的眼光中看到了屬於她的，原始真實的美好。即使繪畫者盯著她身體的某個部位捕捉線條，她也不會臉泛紅光渾身不對勁兒了。

女孩也清楚的記得他們的第一次碰觸，那時她剛滿二十歲。

那天她匆匆地從學校踩著腳踏車趕到畫室。她滿身是汗，內衣也來不及在學校時先脫下，所以當她裸身出現在男人面前時，她有點尷尬，因為身體上內衣的印痕太明顯了。

「對不起，我來不及……」女孩指了指身上的內衣印痕。

男人拿下眼鏡，低下頭，很貼近的看著女孩胸下與胸側的印痕，然後輕輕地用手指摸了一下，他在確認印痕的深度。

女孩倒吸了一口氣。但沒想到身體卻有了反應，她圓潤的乳頭變硬，然後全身起了雞皮疙瘩。

「對不起，請讓我今天請假吧。」女孩羞愧極了，她快速地穿上衣服，狂奔出去。

後來，男人終於忍受不住這女孩身體的誘惑，開始了與她的地下戀情，男人是有妻子的，所以這段感情無法攤在陽光底下。然而男人卻最愛在有陽光的日子裡安靜的看著女孩那原始無遮掩的身體，他說陽光下女孩的身體閃爍光芒，像黃金一樣的珍貴，令他愛不釋手。女孩笑著跟他說，父親是挖金之人，生下她時，覺得她高貴過黃金。

男人說，他只要撫摸女孩的身體就能達到高潮，並不需要進入她。女孩也說，她只要他的撫摸就能達到高潮，並不需要他的進入。於是他們用著各種方式大面積的碰觸彼此，他們親吻撫摸，很多時候也真的只有親吻撫摸。男人熱衷於女孩身體表層的同時，女孩也學習用身體表達她亢奮的情緒。

男人為女孩作畫，但，不再只是臨摹石膏像般的身體素描。他畫油畫，厚厚重重地的塗抹大量的顏料，運用大量的色彩。他說，他對她身體的激動只能如此宣洩，他甚至開始在畫作上灑金粉貼金箔。女孩看了作品開玩笑的對男人說，她又不是亞洲的佛像，不要把她畫的那樣金光燦爛。女孩並不知道，女人美麗的線條稍縱即逝，所以男人要把握此刻這般的激情，才能留下她最光輝的時刻。

陽光就要從三位一體廣場落下，廣場邊的咖啡座只剩下這對祖孫。鎮上的人真是太少了，感覺好淒涼喔，女孩告訴爺爺。女孩因為最後一道陽光的照射，身體四周閃閃發亮。

爺爺拿下太陽眼鏡，瞇起他那散發出細小銀光的雙眼，對著閃閃發亮的女孩說：「不是人少，而是我們的陽光太短了。」

石駙馬大街・壽益百胡同

單純想念

認識她的時候，她正值青春年少，眼睛總是散發著五彩的光芒，任誰都知道她正在一場熱戀之中。不過，她戀愛的對象並不是我，這雖然讓我覺得有點遺憾，但最後我還是發現，跟她做最好的朋友要比跟她談戀愛幸運多了。

那陣子我們的這個石駙馬大街每天都有稀奇古怪的事情發生。例如，東邊小方家胡同大雜院裡的那棵大槐樹，竟然一瞬之間就被一陣狂風連根拔起。例如，鏡兒胡同的那個張大媽只是因為刷牙時不小心喝了一口井水，就突然失去了她的超級大嗓門。不過這個意外卻讓張大叔暗地裡高興了好幾天。其他關於貓狗寵物的離奇失蹤案件更是像冬天銀杏的落葉一樣，數都數不清。大家都說這些全都是因為北京的這個十年都市計畫，所以才讓我們這些天子腳下的子民像找不著果實的松鼠一樣，倉倉惶惶的不知道還能在這個美好的園地生活多久。

五月二十二號那一天，挖土機進了我們的壽益百胡同，震天的巨響帶起了天一樣高的塵土。整整十天之後才塵埃落定，我也才又再看見她燦爛的笑容。

「之後你有什麼打算呢？」她總喜歡眨著她長長的睫毛不顧一切的直視著我。

「我想到日本去開開眼界，妳呢？」我總是不敢看著她的眼睛，總覺得那裡面的危險不是我這樣簡單的人所能靠近的。

「能有什麼打算呢？像我這樣……」她輕輕低下了她的頭。

「妳是我遇過最好的……」我沒有繼續我想說的話，因為我發現有一種透明的液體正緩緩的從她的眼中流出。

「能在北京城遇到妳已經太好了……」我不知道這陣子她到底受到了多少委屈，我知道的是，她能把全部的苦往肚子裡吞，像一個喜歡吃仙人掌的怪物一樣，越尖越刺她越是要吞。

於是就在秋天來臨，附近所有胡同都被徹底拆完的這一個夜裡，我陪著她沒有方向也沒有話語的在皇城根遊走了一夜。

太黑的夜讓我看不見她的臉，但我能感受到她微微抽搐的細瘦雙肩。我平日跳躍的步伐也因為她腳步的停滯而變得沉靜起來。這京城的夜安靜的讓我有點耳鳴，但我知道她是喜歡的，她最喜歡深不見底的一切，她的愛情和她的夜晚，都是。

我們的腳步最終會走向這城的哪一個角落呢？伴著她這樣走著的這個夜晚，最終都會成為我年少時最美的一個回憶。黑暗卻又閃亮，像她的眼睛。

走了多久我不記得，但我突然有種「天亮之後就不會再見到她」的奇異感覺。我於是停下腳步，什麼也顧不上的緊緊的抱住了她，我想擁有她，只要一次就好。

不要推開我，我輕輕的在她耳邊說。而此時，我年輕的心臟不知是因為緊張還是興奮的就要跳出口。

「就讓這一刻永遠停止吧！」這是我最喜歡的一套卡通裡的一場浪漫對話。男主角在歐洲大劇院長長的樓梯上從後方抱住了女主角，然後他在女主角的耳邊輕輕地說出這句話，這對當時我年幼的心靈造成了極大的震撼，我想這句持續激動我十幾年的話用在此刻，應該是恰恰的好。

可是，她笑了。就在我的心跳要停止的那一刻，她笑了。

「嘿，我感覺到你的肚子正咕嚕咕嚕的叫著呢……咱們去吃碗熱麵條吧！」

多年之後，當我從東京帶著兒子小猴回到北京的第一個夜晚，我馬上回到那個已經變成商場的壽益百胡同。花了一個星期的時間，我才在城西邊的一個小區裡找到那個曾經因為喝下井水而說不出話的張大媽。她倒是聲如洪鐘的跟我述說著這幾年來街坊鄰居的變化。由此可證，喝井水造成的失聲，完全只是暫時，張大叔算是白高興了一場。

張大媽說，那年的秋天之後就再沒見過她了，但據說她前兩年未婚生了個女娃兒，小名叫花花，才一生下幾天就被好心人領養走了。但是沒人知道花花的媽媽現在到底還在不在北京城。

我告訴傻呼呼的小猴崽子說，花花媽媽是我在北京城那段生活裡最單純的盼望，也是最美好的想念。如果有緣，希望我的小猴也能遇見花花，只要花花有她媽媽百分之一的遺傳，小猴就會知道我所說的是什麼了。

如果機緣未斷，必有乍見驚喜之日。北京城年少的驚喜，永遠是我最單純的想念。

鰻魚為王

Lake Bracciano, Anguillara

布拉恰諾湖是義大利中部的第三大湖，從羅馬來這裡只要四十分鐘的火車。所以一到夏天這裡就擠滿了遊客，因為大家都把湖邊當海邊的曬太陽、游泳、開*party*。這個湖到底有多大呢？當地居民的說法是，不管你的眼睛有多大，你都看不到她的邊際。

不過布拉恰諾湖並不是以身為一個度假勝地而有名，而是湖裡的鰻魚。

每一天，當太陽落下，天空開始由橘轉藍時，湖面就會慢慢升起，淹過一切，只露出那位於「海角最高處」的學院教堂。居民都說因為這教堂建於十六世紀，並且它尖頂所放射出的微弱光線可以做為燈塔般的指引方向，湖水才會剛剛好讓它露出，這一切都是鰻魚安排好的。湖面升起之後，湖中鰻魚就會慢慢游到原本的陸地，夜裡的村子，村長無權，鰻魚恣意所為，統治村民的一切。

細長無骨的鰻魚會從每一戶人家的煙囪溜進，鑰匙孔滑出，只為了在客廳看個節目，吃個點心，享受黑夜來臨的時光。只要村民將鰻魚指定的那個電視台打開，並且在桌上擺好那個有著肉桂味道的點心，鰻魚們就會安靜的看著電視，吃著點心，絕不打擾村民的家居生活。一個小時後，當鰻魚們看完這齣喜劇，並且把點心吃乾淨，他們就會輕聲離開。所以，不管是正在念書的小孩，或者廚房裡洗碗的太太，跑步機上的先生，都不會感到他們的存在。這一切就像甚麼都沒有發生過一樣，好像只是夏天傍晚的一道微風，輕輕的從窗戶吹了進來，然後又從沒關好的大門輕輕飄送出去。

幾百年來，村民與鰻魚相安無事，因為沒有人知道，如果不幫他們開好電視準備點心，鰻魚會對大家做出甚麼不好的事來。當然，也說不定是好事，總之，幾百年來沒有人膽敢去試，所以這便傳了好幾代，變成了這裡的傳統，也是每天晚上的儀式，這個儀式就像星期天上教堂一樣的自然，小孩也從不質疑。

有村民阿倍多曾經表示：「本著共存共榮的精神，我們應該在每年月光最美的那天，不過得要是白天，來為鰻魚們慶生或者祈福，好增進大家的感情。或者，為他們訂製一個節日吧，就叫做『神秘鰻魚節』如何？」阿倍多熱情的連節日的名字都取好了。

另一個老先生狄尼諾說：「現在的電視已經有八十吋的了，不如我們添購一台放在村民活動中心，然後請讓他們晚上都到活動中心去看並且吃點心吧，電視大一點應該鰻魚們可以看得更開心，笑得更大聲。甚至，我們可以二十四小時都開著……」狄尼諾家裡的電視非常老舊，去年曾經壞掉過，那天狄尼洛非常擔心，倒不是怕自己看不到足球賽，而是擔心鰻魚進來沒電視不知道會不會生氣，還好村子裡修電視的師傅很有經驗，發現只是天線有問題，橋了幾下就好了。狄尼諾深怕這樣的事情再度發生，所以才建議乾脆集中鰻魚買大電視給他們看。

不過這類型的提案一直沒有通過，因為誰也沒有見過白天出現的鰻魚，也無法詢問他們本尊的意見，不知道他們喜不喜歡慶生或集體祈福這樣的活動；還有，八十吋的大電視就是更嚴重的事情了，因為這個村子裡一部這樣的電視都沒有，或許鰻魚們會不習慣也說不定。畢竟，這種事得雙方同意才做的成，若只是村民的一廂情願是會讓與鰻魚之間的關係變得尷尬的。

不過在布拉恰諾湖畔有一個餐廳，也只有一個餐廳，膽敢直接用「好吃鰻魚」做為招牌，對外來的遊客招攬生意。當地村民沒人敢走進這家餐廳，因為村民心中都有一個相同的疑問：「這家好吃鰻魚的鰻魚真的是來自那夜晚升起的湖泊嗎？」

「這樣不會太殘忍了嗎？」

餐廳老闆安東尼是個六十出頭的健壯男子，十年前從羅馬移民到這個村子來，他們一家人剛到的時候就有人說，這個村子要遭殃了，但是也沒人拿得出證據，所以村長只能讓安東尼掛上大大的招牌寫著「好吃鰻魚」。

餐廳老闆安東尼也是個怪人，從來不直接回答村民的問題，只會故作神秘的說：「只要你試過就會知道這些鰻魚來自哪裡了！」

事實上，這個村子的人不僅不吃布拉恰諾湖裡的鰻魚，任何一條鰻魚他們都沒吃過，也沒有興趣吃。村民說，雖然不見面不聊天，但已經跟鰻魚們有感情了，就好像家人一樣，就算鰻魚再好吃也不忍心吃啊。

有一個從西方來的客人說，他在剔牙的時候不小心聞到了肉桂的香味，所以這家好吃鰻魚的鰻魚一定是從布拉恰諾湖來的。

另一個從東方來的客人說，好吃鰻魚的鰻魚眼珠奇大無比，他吃遍全世界的鰻魚，沒有一個地方的鰻魚眼珠比這家更大的了，這些鰻魚肯定是每晚看了電視的，所以可以斷定這餐廳的鰻魚確實是這湖泊裡的。

餐廳的老闆安東尼不願點頭證實這些客人的說法，只是繼續故作有學問的對前來採訪的媒體重複的說著：「例外自有迷人之處，像閏年、像月蝕」，這樣的話。

當然，那些腦容量比鰻魚還小的媒體始終也弄不清老闆安東尼說這話的意思究竟為何，每個人都只會低頭吃、認真說：真的好吃！真的好吃！沒人真的想去弄懂閏年和月蝕跟鰻魚到底有甚麼關係。

十年了，這餐廳料理的秘密也就自然升格為這村子所擁有的秘密之一。

奇妙的是，每天晚上鰻魚就像十年前一樣的繼續到村民家裡看電視、吃有肉桂味道的點心，並沒有一個家庭傳出被鰻魚破壞或發生爭執的事件，鰻魚和村民在這湖畔相處的其樂融融。

其中，最開心的當然莫過於好吃鰻魚餐廳的老闆安東尼了，只有他心知肚明這到底是怎麼回事。多年之後，當安東尼錢賺夠了之後，他把好吃鰻魚餐廳關了，開始賣起了「好吃肉桂捲」。由於村民吃肉桂捲免費，還招待熱咖啡，因此安東尼的肉桂捲大受村民喜愛，不僅不再有人質疑之前的他，還紛紛用安東尼的肉桂捲招待每天晚上來作客的鰻魚。

於是又有媒體來訪問「好吃肉桂捲」的老闆安東尼，為什麼由鰻魚變成了肉桂捲，安東尼當然還是故作有學問的回答：「例外自有迷人之處，像閏年、像月蝕」。當然，那些媒體還是無法理解其中奧妙，所以就只能寫下像廣告一樣的標題：捲成鰻魚形狀的肉桂捲今夏席捲布拉恰諾湖！

豆漿店的黃色圍巾

邯鄲・學步橋

王小摟收到那條圍巾的時候，男孩已經離開這個小鎮了。粗糙的黃色棉紙簡單的包裹著曾經的溫暖，小摟輕輕地打開，她不用想也知道裡面是什麼。小摟忍不住地想到了那個成語，真是黃粱一夢啊。

那年冬天，鎮上下了第一場雪，小摟家的豆漿店擠了滿滿的人。包子出爐的蒸氣和熱豆漿的清甜香氣融為一體，光是站在豆漿店的門口就讓人覺得這個丁字胡同的清晨，生機盎然。小摟忙進忙出的招呼著這些街坊鄰居，李大媽還是拿她家的小水壺來裝豆漿，王大爺也還是拎著他那只有著鴛鴦圖案的保溫杯……與大家的噓寒問暖之中，小摟看見了一個陌生的男孩，坐在最角落的位子。

男孩不自在地坐在圓板凳上，並且用衛生紙細細的擦拭著小桌，他點了一碗甜豆漿跟一套燒餅油條。小摟送豆漿給他的時候，豆漿搖搖晃晃的就要溢出，男孩伸手幫著接了過去，小摟的眼角瞥見男孩長長的手指，她的心裡微微一笑，好細緻的手，根本就像個女孩兒，一定什麼活兒都沒做過，小摟想。

之後的幾天，每個清晨，男孩幾乎都在同個時間出現在豆漿店。一樣搖晃的甜豆漿，一樣的燒餅油條，但小摟每次送豆漿的心跳卻變得有點不同了。

「來這裡做什麼的呢？」小摟終於在第五天的早上，客人不多的時候這樣的問了。

「沒什麼特別的原因，只聽說這裡是個戰國時期就存在的古城，所以來看看。」男孩說的普通話有個奇怪的腔調，聽不出是來自哪裡，但顯然不是北方人。男孩把外套的領子拉高，看得出來耳朵被凍得發紅，然後他搓著細緻的手，往裡面呵氣。

「今天的溫度又更低了一點，雖然沒下雪，但還是要注意保暖噢。」小摟告訴男孩，然後解下了自己脖子上的黃色圍巾，送給了他。小摟說，這種圍巾她有很多，所以請男孩不用客氣；但事實上，連坐在一旁的姥姥都心知肚明，這圍巾是小摟花了三個晚上連夜織出來的。小摟低下頭來，小小聲的在男孩耳邊說了一句話，所有的人都沒聽到，但男孩馬上收下了圍巾，他說他這幾天的脖子老是冷颼颼的，非常需要，男孩謝謝小摟，然後馬上圍上。

「嘿，你該不會是想學燕國的那個年輕人吧？覺得我們邯鄲人走路不急不徐特別優雅，風度翩翩……」小摟忍不住的調侃了男孩。男孩有點納悶，露出害羞的表情，同時窩在黃色圍巾裡搖搖頭，圍巾遮去了他半張臉。於是小摟告訴男孩「邯鄲學步」的由來。

她說，那個燕國年輕人跋涉千里來到邯鄲大街，看到每個人走路的姿態都那麼優雅，變得不知如何邁開自己的步伐。他決定要學邯鄲人走路，於是他跟在一位先生後面，先生出左腳他也出左腳，先生跨右腳他也跟著跨右腳，但是他實在是太緊張了，走著走著就兩腳打架了。後來，他又跟了另一個年紀稍長的人亦步亦趨的，其他旁邊的人看著年輕人奇怪的樣子，都不禁笑了起來，年輕人更緊張了，怎麼學就是學得不像，還走得腰痠背痛的。年輕人於是細想，一定是自己以前的走路姿勢和節奏讓他學不會邯鄲人的走路方式，於是他決定丟掉之前的走路習慣，從頭開始學走路，一定要把邯鄲人的步法學成。幾個月的時間過去了，這個燕國的年輕人不僅還是沒學會邯鄲人走路的優雅姿態，反而連自己原來走路的方式都忘記了。他決定回家，但是他已經不會走路了，所以只好爬著回家……很可憐吧。小摟邊說邊學燕國年輕人腰痠背痛的走路模樣，豆漿店裡的人都笑壞了。

男孩也被逗得很開心，露出圍巾外的半個頭，點點頭說，終於知道這句成語的故事了，不過，不知道這跟他來邯鄲有甚麼關聯。小摟覺得這男孩也太老實了。一旁的姥姥著急的問：「這小夥子到底聽懂這話的意思了沒？」小摟聳聳肩，男孩也聳聳肩。

然後，小摟領著男孩去了有名的學步橋，她說：「那個燕國年輕人就是在這裡學走路的，雖然現在這條橋一點也不起眼，若不是旁邊寫了學步橋，應該沒有人會停下腳步吧。」

小摟決定要好好的帶著個男孩認識邯鄲這座古城，這座據說已經有八千歲的古城。

「不會吧，八千年前有『人類』嗎？」男孩用他不是很標準的普通話強調了「人類」二字。

「真的啦，那個著名的磁山文化的遺址就是在這裡啊！」

男孩又窩在圍巾裡搖頭了，小摟覺得很奇怪，他到底打哪裡來的，怎麼好像一點歷史都不知道啊。

放棄了磁山文化遺址，小摟帶著男孩到將軍台，男人喜歡打打殺殺的，這裡他應該就知道了吧。「發下『一統天下』的號令就是這裡喔……」小摟站在將軍台上熱心的解說著。男孩的反應還是像甚麼都不知道一樣。難不成他真是個外星人？小摟納悶極了，這個對歷史好像一點也不了解的人，怎麼會到一個千年古都旅行呢？

「那，你至少該知道秦始皇深愛的趙女是邯鄲人吧？」

這回男孩終於點了點頭說，看電影知道的。小摟也終於開心了一下，至少他知道秦始皇，應該就不是個外星人了，她想。

「還有還有，最重要的是，你知道，邯鄲其實是以什麼聞名天下的嗎？」男孩當然還是搖頭。「是成語噢，沒有一個古城比得上我們生產的成語多喔，像負荊請罪、黃粱一夢、毛遂自薦、一諾千金，還有三十六記的第二記─圍魏救趙這些都是喔……真的太多太多了……所以我如果說了你聽不懂的，你可以問我呦。」這個類外星人的字典裡八成也沒有「成語」這兩個字吧，小摟猜想。

其實邯鄲跟多數的中國小鎮一樣，雖然有足以自傲的千年歷史，但卻不曾好好的維護珍惜，很多歷史遺跡都已經不復存在了。地方老人比較看淡這些，小摟的姥姥就說，歷史就是歷史，發生就會留下痕跡，保護啥。保護而來的，是假的，不是真生活。誰想蓋大樓，就去蓋吧，要拆橋的就拆吧，但就是別蓋了個新橋，又騙說他是古的。

男孩在邯鄲住了一個冬天，除了從小旅店到豆漿店的那條小路外，他似乎什麼都記不得，只記得吃的。他告訴小摟，除了小摟家的豆漿之外，他每天一定得吃的就是老槐樹燒餅，他不懂為什麼這樣小的火爐可以烤出那麼色澤焦黃、酥脆爽口的燒餅，而且吃起來還有一種特別的香味，會讓舌頭小小發麻的香味。小摟笑著告訴男孩說，連她也不得不承認，那家的燒餅是全天下最好吃的，因為灑了花椒鹽，所以氣味才香麻動人，就連燒餅上的芝麻粒都與眾不同。

「感覺出不同來了嗎？知道這跟我家燒餅上的芝麻有甚麼不同嗎？」小摟從老槐樹燒餅上拿下一顆小芝麻，先讓男孩仔細看，然後放在手指尖輕輕送到男孩口中。男孩大方的伸出舌頭輕輕舔下小芝麻粒，小摟反而害羞了起來；只是細細咬著芝麻粒的男孩當然又是在圍巾裡搖頭，但是卻說，好香好香。

小摟當然知道男孩看不出也吃不出這小芝麻的特別，但她就是喜歡男孩的那股傻勁兒，天真無邪的只會搖頭，像極了跟在母鴨後頭的小黃鴨子。「他們家的芝麻可是去了皮的！」小摟公布答案。男孩皺了眉了，覺得這燒餅店有點太誇張了，有這個必要嗎？不過這個千年古城有很多事情對男孩來說，都像是另一個星球的事。像是，元宵節要盪鞦韆，而且不只一個人盪，還可以雙人，以及花式，甚至還有村子跟村子間的比賽，比賽還弄得很盛大。小摟告訴男孩這就是傳統，就是習俗，大家都覺得有意思，才能一代一代傳下來。

當時男孩還不知道，十年之後的一個下雪天，他竟然在歐洲的一個小公園裡看著鞦韆，突然憶起王小摟送他圍巾時在他耳邊所說的那句話，「希望有一天能跟你一起看看外面的大千世界。」

溶雪的那一天男孩走了，小摟在豆漿店收到男孩留下的包裹，小摟輕輕打開，裡面是她鼓起勇氣送男孩的那條黃色圍巾。小摟打開圍巾，掉出了一張小字條，男孩寫著：「我已負載一位天使，再也載不動妳沉沉的鄉愁，非常抱歉。『完璧歸趙』也是邯鄲的成語吧，我用對了嗎？」

小摟不懂，人走就走了幹嘛還把圍巾留下，真是小心眼，又不是想用一條圍巾就綁住男孩的心。小摟的眼淚就要嘩嘩流下，但她想起姥姥的話，只要發生過的就會留下痕跡，就像這個古老卻仍然在創造歷史的小鎮一樣，於是小摟拿出圍巾緊緊的裹住自己，只露出半張臉，就像每次男孩那樣。小摟深深、深深的呼吸著圍巾的氣味，想著男孩長長的手指，和他搖頭的樣子，她含淚的眼裡，最終出現了春天柳樹般的輕柔笑意，呵呵，那隻只會搖頭的黃色小鴨子，竟然弄得圍巾裡滿滿的豆漿味呢！

掃一掃，看看黃色圍巾

像蘋果茶一樣甜的笑容

Eminonu, Istanbul

掛在店門口櫥窗裡的那張地毯終於賣掉了，感謝真主阿拉，阿布杜鬆了一口氣，覺得好開心，終於兌現自己的承諾了。

記得兩年前阿布杜從庫德族老太太手上買下那張地毯的時候，可是花了大半天才說服成功，老太太唯一的希望就是要阿布杜把這張鋪在他們家火塘的地毯當作珍品賣給真正懂得欣賞，並且也懂得庫德族人故事的客人。阿布杜和這張地毯選了兩年，才選上這對夫妻，從剛剛與那位先生的對談，阿布杜相信那張地毯在那對夫妻的手上也一定能夠像在這裡一樣的被好好對待。

大部分土耳其地毯的圖案以象徵天堂的繁花蔓枝、清真寺建築以及宮廷或宗教圖騰為主；然而這張大約一米二十平方的地毯算是一張小地毯，卻是以黑色和米色為大面積的主色，色塊以鋸齒形狀呈現，並以簡單的彩色線條作為裝飾收邊，非常少見。

「這是一張純山羊毛毯，沒有加入任何的高級蠶絲，所以一點也不閃亮，但卻可以更真實的傳達出庫德族的個性，與實際的生活狀態。」阿布杜用粗糙的雙手撫摸這條毯子。阿布杜並且告訴這對夫妻，這張毯子是賣給他的老太太在冬季親手編織的，冷暖色調搭配，偏向幾何的圖形，雖然近似卡帕多西亞的毯子，但卻不是特別細緻，圖案也簡單，當初編織的目的完全沒有觀賞價值在裡面，純粹是用來鋪在火塘保暖用的。

這位先生翻看著地毯的背面，看到了許多羊毛線結，他告訴阿布杜，年輕時的他曾經到過伊朗庫爾德斯坦省做過採訪，人口有四千萬的庫德族，卻是全世界最大一群流離失所的族群，他們曾經遭遇過的悲慘歷史，給了當時的他很大的震撼。

「那麼先生你知道庫德族有句諺語嗎？是跟你有關係的喔？」

「是嗎？請你說給我聽聽。」

「客人是真主派來的使者！總會給主人一些訊息，所以主人必須謙卑的傾聽客人的話語。」

說完，阿布杜和這位先生一起笑了。

細心地包好地毯，也開了證明書，阿布杜歡喜的送走了這兩位客人。阿布杜準備開始整理被翻看過的十幾張地毯，但他決定先坐下來好好的喝兩杯蘋果茶再說。剛剛那對客人還真有意思，阿布杜想著，整個過程那個女的根本就只是專心地坐在椅子上喝蘋果茶而已，若不是她的先生認真的在跟自己談論地毯，阿布杜就會懷疑她只是為了喝茶才進店的。怎麼那麼愛喝地毯店的蘋果茶呢？阿布杜想不透，全土耳其的蘋果茶都應該一樣好喝的呀，阿布杜幾乎是一飲而盡手上的那杯，真的有那麼好喝嗎？他突然覺得自己應該也慢慢品嘗才是，於是他一口一口慢慢地喝完了第二杯有點燙嘴的蘋果茶，

「但我還是喜歡澀澀的土耳其茶多一點」阿布杜心想，但卻不知道此刻自己臉上露出了跟蘋果茶一樣甜的笑容。

阿布杜為什麼會喝了蘋果茶就自然的流露出甜甜的笑容呢？恐怕連他自己都忘記這傳說了。伊斯蘭教相信輪迴，但又不願記得前世不好的事情，因此智者將「只記甜美」放進眾人每天必喝的茶當中，喝的愈多的人，記得生命的甜美愈多，悲傷愈少。這也就是為什麼土耳其人喝茶一定加一兩顆方糖，喝下甜甜的茶，凡事只記甜美，所以自然就能流露出甜甜的笑容。

地毯還沒整理好，一個瘦瘦的小夥子就匆匆地跑了進來，「嘿，阿布杜叔叔，咱們去釣魚吧，爸爸說今天餐廳來了大訂單呢！」小夥子西摩滿頭大汗，顯然他是跑著過來這市集找叔叔的。阿布杜想，反正今天也賺了不少了，去碼頭透透氣也挺好，天氣晴朗，應該可以釣到不少沙丁魚。

這次阿布杜和西摩選在了加拉塔大橋橋上放線，從這橋可以看見往來伊米諾努碼頭的船隻，特別是那些遊玩博斯普魯斯海峽的船隻，很多都會從這個碼頭進出，所以這個碼頭也充滿了遊客，也因為有了遊客，所以碼頭邊滿是各種海鮮餐廳。除了餐廳外，碼頭上也有幾家以沙丁魚三明治出名的小店，任何時刻都是滿滿的人潮。此刻小夥子西摩手上正有一個沙丁魚三明治。

「西摩你這小子，一隻沙丁魚都還沒釣上，你肚子裡就開始養起沙丁魚了……」阿布杜看著這個愛吃的姪子，真搞不懂為什麼這麼能吃卻還是這麼瘦巴巴的。

「阿布杜叔叔你看！」西摩用他油花花的手指對著一艘掛滿了各國國旗的豪華遊輪，遊輪正從橋下緩緩駛過，夾板上站滿了各種不同膚色的人。

「你說甚麼時候我們也能擁有那樣的遊輪，然後載著各國美女，在藍天之下暢遊分割歐洲亞洲的博斯普魯斯海峽……」西摩說完舔了舔手上的醬汁，並且用仍然油油的手向著那艘遊輪招手。

就地理位置來說，伊斯坦布爾是個有趣的城市，這個城市裡沒有國界，卻有洲界，伊斯坦布爾的亞洲地區有居民九百萬人，歐洲地區則住了六百萬人，但每天早上都有三百萬人從亞洲到歐洲工作，可以說是全世界最頻繁的洲界移民。阿布杜常常在想，每天早上都有三百萬人對著家人說，「我去歐洲上班囉」；然後每天下班時間又有三百萬名員工會跟同事說，「我回亞洲去囉」這真是聽起來好國際的事情，往來於兩洲竟然是這麼多人的家常便飯，甚至方便過他們到鴿子清真寺做禮拜。

「西摩，你最好別讓你爸爸知道你每天都在做這樣的大頭夢，要不然他會把你關在亞洲念書，不讓你每天進到歐洲工作了。」阿布杜、西摩和西摩的父親正是每天那通勤於亞歐之間的三百萬人之三。

「真主阿拉教誨我們的請你謹記在心，對不義之財不可有非分之想，那樣的豪華遊輪就不是你應該夢想的，就連那些人手上的香檳也不可以！」

「那……各國美女呢？」

阿布杜本想出手打醒姪子西摩，剛好釣竿動了，阿布杜一拉，好漂亮的一條沙丁魚，在陽光下閃閃發光的扭動著身體。西摩馬上把手上最後的一口三明治塞進嘴裡，然後幫叔叔把沙丁魚從魚勾上解下，放進水桶裡。

西摩告訴叔叔說，他最好的朋友阿里家是在有頂大市集賣香料的，阿里常常欺騙那些觀光客們，不管是西方的還是東方的，只要是好騙的。阿里說就是因為想要發財買遊輪所以才要騙人，騙人也是一種快速致富的方式，而且阿里說他們家只是騙人從來不會傷害人。就好比觀光客最愛的蘋果茶好了，盒子上貼了一個數字5，有人給5里拉，也有人給5美元，阿里他們都會欣然收下，不會阻止美元進袋。

自從伊斯坦布爾致力於發展觀光之後，全世界的遊客為了聖索非亞博物館和藍色清真寺不遠千里而來，現在，伊斯坦布爾搖身一變是僅次於巴黎的歐洲第二大觀光城市；因此，就像每個地方一樣，總是會有欺騙遊客的不肖商人。聽到蘋果茶，阿布杜想起了剛剛買地毯的那對夫妻，那個愛喝蘋果茶的太太，她不知會被騙多少錢，阿布杜不敢想。

「不管以後阿里會多麼有錢，甚至有遊艇有美女，我都要你記住，他不是阿拉的好子民，你不應該和他做朋友。」阿布杜將魚竿輕輕甩出，卻口氣嚴重的告訴西摩。

太陽下山前，阿布杜和西摩各釣了三十隻沙丁魚，很滿意的拎著兩桶新鮮的魚回到西摩爸爸位在伊米諾努碼頭的餐廳。

果然客人好多好熱鬧，阿布杜很興奮，他不常看到這樣的場面，因為每天他的地毯店打烊後，哥哥的餐廳也差不多在收拾了，每次到這裡幾乎都是一天的結束，而今天，熱鬧的夜晚才要開始。果然，餐廳是歡樂之地，跟自己的地毯店氣氛完全不同。

阿布杜跟忙碌的哥哥打招呼後，竟然在客人中看見那對買地毯的夫妻。

「你們好嗎？沒想到會在這裡遇見你們！」阿布杜走到那對夫妻旁，興奮的說。

「哇，你怎麼會在這裡啊？真是太巧了！」阿布杜發現這位妻子露出好甜美的笑容跟他打招呼。然後她的先生說，原本他們也不知該選哪一家餐廳，走第二回的時候，發現這家餐廳的老闆特別熱情的為他們介紹菜單，還說他們的招牌菜是碳烤新鮮野生的沙丁魚，他們覺得這老闆看起來誠懇，所以就進來了。沒想到這老闆竟然是地毯店老闆的哥哥，真是太巧了。這位先生很熱情的邀請阿布杜加入他們的晚餐，但阿布杜非常委婉的拒絕了，阿布杜說他們沒有這樣的習俗，並且跟他一起吃飯，怕會壞了夫妻的興致。阿布杜說，感謝阿拉，他今天釣的魚就是為了這對夫妻準備的，就像他覺得把那張地毯賣給這對夫妻也是真主阿拉的安排。

為了表達心中的喜悅，阿布杜請西摩到碼頭外市場邊買了兩個外形像甜甜圈的烤餅回來請這對夫妻吃。阿布杜說，雖然是便宜的小吃，但卻也是最道地的土耳其路邊攤小點心，夫妻可以搭配著炭烤沙丁魚一起享用，非常美味的。

餐廳裡充滿了烤沙丁魚的香氣，阿布杜其實肚子也餓了，但他卻堅持只站在這對夫妻桌邊跟他們聊天。夫妻告訴阿布杜他們搭了遊輪到博斯普魯斯海峽看亞洲，亞洲的房子好漂亮，聽導遊說卻也好貴，不知哪裡的富豪才能擁有。他們也去了藍色清真寺，雖然夫妻不信奉伊斯蘭教，但看到那樣的空間、光線與藍色磁磚，他們心中也充滿了神聖單純的感動。明天他們還有好多的行程，夫妻倆覺得這個城市真是棒透了，亞歐交界，文化融和，每一個角落都充滿了異國風情。現在，他們最期待的就是明晚那個天旋地轉的蘇菲舞了。

「只是我有個疑問，」這位太太說話了：「我們去的每一家店幾乎都會招待我們喝蘋果茶，為什麼餐廳裡卻反而沒有呢？」

哈，又是蘋果茶，果然這位太太是因為蘋果茶而來到土耳其的，阿布杜笑了。

「是這樣的，請客人喝茶是我們的待客之道，奉上熱熱的茶後，客人們才有時間聽我們說話，我們才能為我們的生意爭取多一點的時間，就在你們喝完熱熱的蘋果茶之前……而餐廳，已經很明確你們是要進來吃東西的，所以不用蘋果茶，你們也會慢慢點想吃的菜……」阿布杜有點不好意思的說。

「這位太太，看起來妳好像很喜歡我們的蘋果茶，可以冒昧的請問，妳買了嗎？」阿布杜覺得這位太太的笑容愈看愈甜美。

「喔，當然，因為你請我們喝的蘋果茶實在是太好喝了，我們一離開你的店就去買了，只花了10美元，還買二盒送一盒呢。」這位太太開心的說。繼續露出她那燦爛甜美的笑容。

阿布杜覺得非常不好意思，但又說不出甚麼，只能搔搔頭回說，那很好、那很好。

餐廳打烊後，阿布杜、西摩和西摩的爸爸一起走在碼頭邊，已經晚上十點多了，橋上的車依然川流不息，碼頭邊的市集也燈火明亮。

「記得我們小時候這裡的樣子嗎？」阿布杜問哥哥。從小，阿布杜和哥哥幾乎就是在伊米諾努碼頭長大的，不到十歲的阿布杜就開始拿釣竿在加拉塔大橋上釣魚，只是那時候的加拉塔橋沒有這麼雄偉，往來的車輛也沒現在這麼多，當然能釣到的魚也比現在的多。

「碼頭裡停的就是些捕魚小船，要不就是小馬達的接駁船，還有幾個賣餅、賣栗子的攤子，和石榴汁的……」哥哥摸著他的大鬍子，帶點傷感回憶說。阿布杜想起他的哥哥最愛喝鮮榨的石榴汁了，每次回到亞洲之前哥哥都會在碼頭前喝一杯才甘心上船。的確，這城市看似古老，有那麼多千百年的建築，卻又改變得如此快速。現在歐亞之間走海底隧道只要4分鐘就行了，並且未來這條隧道往亞洲可以直達北京，往歐洲可以通往倫敦，真是太不可思議了。

「這一切都是為了遠道而來的客人嗎？」西摩像小時候一樣天真的問爸爸。

於是這三個土耳其男人就在碼頭邊上哼起了高原上的民謠：

「那彎彎曲曲的小路啊，鋪滿了充滿活力的地毯，描繪著節日盛宴的喜慶，它們更是為遠道而來的客人們準備的，重重疊疊，就在通往宮殿門外……」。

阿布杜仰望，同時看進歐亞星空，今夜一定能有甜甜的好夢，他相信。

掃一掃，看看蘋果茶

北京・花家地小區

黃瘀小與吳耳眼

黃痰小 從小就是一個沒有口水的怪人
街坊鄰居都覺得他一定是投胎轉世時得罪了誰
要不就是喝錯了什麼
所好的是 他不是一頭驢 否則吃糧食恐怕有問題
那麼他如何吞嚥呢

小時候靠母奶
長大後 靠湯靠水靠稀粥
要不就是靠他嘴裡一口口的黃痰 或者 白痰
你以為這應該是黃痰小至今一直找不到媳婦的原因嗎
事實並非如此 他其實還有一個更大的秘密
就在花家地小區十五號樓第二層的那張紅色小海報上
不過 一直到黃痰小五十歲 都沒有左鄰右舍願意去看
因為大家發現 這黃痰小自小有多少痰就有多少義氣

邊吐痰　邊幫助人　讓黃痰小成為花家地裡比城管更有義氣的人

他可以有口水　但不能沒有痰　大家都是這樣想的

不過黃痰小在這個花家地小區只能排上第二

他的髮小(兒時玩伴)吳耳眼才是響叮噹的一號人物

他因為出生時天打雷劈　且臍帶自動與母親斷裂　因此被所有人認為是個怪胎

後來種種行為也證明　吳耳眼確實有異於一般人

他的眼比耳大　耳又比嘴大

當他把眼閉上的時候　能瞧見一哩外發生的事

當他把耳朵搗上的時候 有絕對音準能為鋼琴調音 而他根本沒學過DoReMi
這讓同住小區的中央音樂學院的花姓老教授直呼不可思議
老教授曾經想對吳耳眼做一番研究 然後發表一篇曠世論文
吳耳眼的母親當然不願意 並且毫不客氣地把花老教授趕出門
說老教授愛灑鹽在人家傷口上

有著奇妙眼力和無比準確聽力的吳耳眼卻是一個舌頭沒有味蕾的人
為了怕別人又拿這點把他當怪物 他不願讓其他人知道

所以不管吃甚麼東西都說好吃好吃

黃痰小忌妒吳耳眼的這個部份 他寧願自己沒味蕾也不要沒口水

有一天 黃痰小找了朝天椒餵吳耳眼

吳耳眼三根下肚後 還是回答好吃好吃

於是 黃痰小帶著吳耳眼吃遍北京城所有以麻辣和無極辣自詡的川味餐廳

當然全是免費 沒一家敢收錢的

只是某個春天之後 吳耳眼突然對黃痰小說 他不願再吃飯不付錢了

老是佔人便宜的這件事讓他發現自己長出了紅色的頭髮 且有逐漸增多的趨勢

他不願意街坊鄰居因為他滿頭的紅髮而把他視為怪物

雖然如此　黃痰小和吳耳眼還是相濡以沫的一對好兄弟

他們在花家地小區盡量低調的和其他平常人和睦相處著

愈來愈年長　也就漸漸的融入人群　成為兩個不怎麼敢閃耀的雙子星兄弟

八月最後一個周末的203房

Hotel Quinta das Lagrimas, Coimbra

每年夏天結束之前，老先生和老太太都一定會回到這裡住幾天，今年剛好是第二十年。為了表達感謝，飯店總管也一定會為他們準備同一個房間，即使現在這位已經是老先生他們遇到的第三位總管了，這樣的禮遇也從來沒有終止過。老先生和老太太對這家飯店來說是極其珍貴與特別的客人，所以在新舊飯店總管交接時，這一對客人一定會特別的被提起。

「一定要記住，八月最後一個周末的203房，寧可空著，也不能讓別的客人入住啊。」老總管在卸任時總會這麼提醒新總管。都說203房是飯店裡最浪漫的房間，因為透過203房的落地窗可以清楚的看到花園裡的噴泉，那個名為「*Estate of Tears*」的噴泉。新來的侍應生總是不了解為什麼這對平凡的夫妻會被這樣的重視著，今年這個來打工的女大學生更是對這對老夫婦充滿了好奇。

她心想，這個飯店的來頭不小，應該說，如果是在以前，一般人根本是無法住進來的，因為這是一個「*palace*」，除了建築本身有悠久的傳統和歷史外，這個飯店的花園裡可是有著比羅密歐與茱麗葉更古老更淒美的愛情故事呢。所以每一年才會吸引這麼多的戀人來到這裡，當然囉，來這裡朝聖的還是比去茱麗葉的陽台的人少很多，全是因為我們葡萄牙少了個莎士比亞。只是這對老夫婦又不是甚麼王公貴族或者好萊塢名人，為什麼能有這麼特別的禮遇呢。

一如以往，老先生老太太總是在一入住之後就換上乾淨而正式的衣服到花園散步。不需要專人陪同，也無需飯店印刷精美的導覽手冊，他們牽著手順著石徑慢慢地走到了噴泉邊，熟悉地好像在自己的花園裡散步一樣。

「真是太詭異了，這應該是全世界最浪漫的兇案現場了，但我們每年都來，還連續來了二十年……」老先生說。

的確，西元十四世紀，比羅密歐與茱麗葉的故事更早，這個宮殿的花園裡就上演了唯美也淒慘的愛情大悲劇。十九歲的*Pedro*王子在父親阿方索四世的反對下，無可救藥地愛上了青春美麗的*Ines*。他們在這個花園裡不顧外人眼光的戀愛、偷情，乃至生子。終於，國王阿方索忍無可忍的派了三個殺手刺殺*Ines*，*Ines*在噴泉邊倒下，鮮血染紅了泉水下的石塊，頭髮也悲傷的變成了泉水裡綠色的水草。*Pedro*王子在登基後復仇，找到了殺手，用自己的雙手挖出了殺手的心臟，並將*Ines*從墓穴挖出為她戴上皇冠。*Pedro*告知天下，他們倆人早就秘密結婚，*Ines* 是他的皇后，而他也終生沒有再娶。

年代久遠，哪些是事實，哪些又是以訛傳訛，已經沒人知道了，但是在這對老夫妻的心裡，這個故事無誤，然而淒涼比浪漫更多了許多。

直到今天，這個石床上帶有*Ines*鮮血的噴泉，仍然是這個飯店的主要水源。因此每個在這裡用過餐的人都像被下了咒語一樣：一定要在此生去追求如吸血鬼般跨越生死的愛情。

老太太望著噴泉的涓涓細流，鬆開了老先生的手，在水邊蹲了下去，用雙手捧起了噴泉的水，她閉起眼，緩緩的喝了兩口，沁涼的泉水順著老太太已經鬆垮的喉嚨流下，老太太的嘴角流出了笑意。她慢慢地站了起來，非常輕聲地說：「真有療癒效果啊，我心裡的缺口應該也就被縫補好了。」

老太太每年到這裡都會重覆的做這個飲水的動作，也都會重覆的說著自己已經被縫補好了的話，老先生覺得有點悲傷，因為這幾年太太的記憶力大不如前，有時甚至會有時空錯亂的狀況出現。也因此老先生想，這應該是倆人最後一次來這裡了。

不管是甚麼樣的儀式或承諾，二十年應該也已經足夠了。能結疤的傷口早就好了，好不了的，也就別強求了。

晚餐，老夫妻像每一年一樣的在這個飯店裡最知名的餐廳用餐。燭光下，他們輕輕的咬著受過那噴泉灌溉長大的綠色蔬菜。侍酒師小心地為兩人的酒杯裡添上了冰涼的白葡萄酒，說：「這是你們最愛的那支酒，請慢慢享用喔！」老先生露出微笑，禮貌地對侍酒師點了點頭，並且問候侍酒師，說，時間飛快又是一年。侍酒師彎著身體輕聲回答：「是啊，時間真是飛快，歡迎你們的再度光臨，希望你們一切都好。還有，今天的夏天很熱呢！」他熟記老先生喜歡的每支酒，並且盡可能的都會為他準備著。連續七年，侍酒師都用他低調但不失熱情的方式迎接這對老夫妻。

侍酒師用著非常輕的步伐走回自己靠牆的位置，女大學侍應生充滿好奇地問這位資深侍酒師：「他們一直都是這樣的嗎？明明臉上掛著微笑，但卻讓人感覺好悲傷噢……」

「噓─小聲點，妳若知道二十年前這對夫妻經歷過甚麼，你才不會只用

『悲傷』這兩個字來形容他們。」

看見老夫妻放下刀叉，女大學侍應生快步上前，熟練的將沙拉盤端起，離開。

「為什麼當年我們就不懂得成全他們呢？」老太太每一年都會在幾乎同個時間，問起同個問題。多年以來，老先生也已經清楚知道甚麼時候該有回應，甚麼時候只要保持沉默就好。很多時候老太太的問題並不是問老先生，她也根本也不需要老先生的回答，這些只是老太太對過去事件的一個宣洩而已，就如同每年都得來到這個飯店一樣。老先生知道老太太從來沒有放下，也永遠不會放下。

二十年前他們第一次來到科英布拉是因為兒子的死訊。

他們生活在緊鄰西班牙的內陸小鎮上，所以兒子從小就對海洋充滿了好奇，十八歲的時候決定要當個海員。但是葡萄牙已經不是當年的那個航海王國了，於是兒子心思一轉，不當海員，但是可以研究航海史吧。於是兒子揹著背包來到這歐洲最古老的大學之一。他寫信告訴父母，學校雖然古老，但是同學們年輕沒有拘束的心，和對未來充滿希望的明亮雙眼，讓他感受到青春的美好，充滿了生命力，他感謝父母能讓他離開家鄉到這裡念書。他說這城市的*Fado*（註）有一種魔力，跟家鄉的不同，能讓他聽見內心最深處的渴望，他將會鼓起勇氣去追尋真正的自己。

一年後，兒子又來信說，他戀愛了，他沉浸在最美的愛情當中，眼中所見皆是萬物的美好。只是，兒子瘋狂戀愛的不是夫妻想像中的青春少女，而是大他兩歲的學長。夫妻有著保守的宗教信仰，完全無法接受這樣的愛情，那是禁忌，會遭天譴。父親大怒要求兒子回家，兒子說自己是用了好大的勇氣才敢面對真實的自己，百般懇求希望父母也能愛他所愛。

父親無奈地找了自己的弟弟，請他跑一趟科英布拉大學將兒子強行帶回。兒子人回來了，卻是空殼一具。兒子在房裡不斷的寫情書給學長，不跟父母言語。母親也跟兒子一樣不說不笑的，每天都會流幾次淚，後悔不該把兒子送到那個大學，否則也不會讓兒子受到魔鬼的誘惑。

兒子終於在夏日來臨的夜裡，離開家，回到愛人的懷抱。父親心已碎，寧可當作沒有這個兒子。

這個夏天特別炎熱，夫妻擔心掛念兒子，卻又無法說服自己接受他們。夫妻倆人互相凝視的眼裡沒有溫暖的陽光，只有雨季來臨前的灰暗。

夏天就要結束了，兒子來信了。兒子興奮的告訴父母，他和愛人隨著遊輪去了國外，雖然不是兒時想望的那種水手航行，但是卻深深的感受到了天地之大，海洋的包容萬物。他跟愛人在自由的海洋裡相依相惜，甚至夜裡不忍睡去，只為多看對方一眼。夏夜星光閃爍，但卻怎麼樣也比不上愛人明亮的雙眼。他們把握住了青春的美好並擁有彼此最真的部分；他相信，他們強大的愛情，已經可以跨越生死了。

八月的最後一個周末，兒子的死訊傳來，夫妻驅車連夜奔向科英布拉。

兒子最後將父母安排住在這個飯店，他希望 *Pedro* 和 *Ines* 的故事能為自己的輕生做個註腳。他的遺言深深感謝父母，並乞求父母的諒解，希望不要因為自己的性向而讓父母覺得羞恥，抬不起頭來。

「明日陽光依然照耀，我知道我依然還會是你們的最愛。」看見兒子秀氣的字跡，這對夫妻崩潰了。

「為什麼我們就不懂得成全他們呢？」

這一次，果然是老夫妻最後一次來到這裡。老太太的老人失智最終救了他們夫妻兩個。

「兒子呢？不回來吃飯嗎？」老太太問。

「他呀，航海去了，誰知道又去了哪一國呢……」老先生回答。

他可真好，還真是自由，老太太羨慕地笑了。

（註）*Fado*：為葡萄牙最具代表的傳統音樂，字面的意思為「命運」。*Fado*主要在首都里斯本(*Lisbon*)及科英布拉(*Coimbra*)兩個大城市流傳，里斯本的*Fado*採用較多古典樂器，古典味較重，科英布拉是個眾多大學齊聚的大學城，以民謠吉他為主要樂器，因此樂風相對的比較輕巧。

河內·還劍湖

擁有整條河流的自由

小漁船緩慢地行駛在混濁的窄小河流上，馬達吖吖吖的發出規律的聲響。太陽落下了，陳華正準備找個地方把船停下休息，父親也已經躺在船艙木板上開始悠悠地喝起他的葫蘆米酒了。水上人家的生意已經大不如前，陸地上的交通和經濟都發達後，大家也不願意繼續這種波西米亞式的無根生活了。「畢竟是要回到陸地上去的，總不能每一代都像我這樣如浮萍的生活著吧」陳華的父親喝著米酒，想著自己的這一輩子，隨遇而安，估計也只能用這四個字來形容自己的一生了吧。更何況陸上一間房，水上十條船，對於一輩子清苦的漁民來說，即使有心上岸卻又多麼不容易啊。

陳華自從去年上了岸買了一支新手機之後，就幾乎天天都在搜尋網路，當然，也是因為交了個陸上的女朋友，所以手機通訊才會變得這麼重要。

「我可不能把青春都耗在尋找那個安定的網路上……」陳華對父親說。父親當然明白兒子在想甚麼，只是兒子若上了岸，他們這一脈陳姓水上人家就再也回不到這混濁的河流裡了；還有，這孩子在河上長大，只有捕魚的知識，上了岸的他能做甚麼呢？

「我一輩子自由到擁有整條河流，今天要睡哪就飄移到哪，我只要算好潮汐，在正確的時候下網……認真捕魚、敬畏天地，就可以衣食無憂……這種自由，真的不是陸地可以給你的，孩子……」想到上岸之後的陳華會面臨的困難，父親真的很憂慮。

「但就是這種不確定的晃動與漂泊，是我最想脫離的，我寧可踏在濕滑的泥地裡採蓮也不願再捕魚了。泥地雖滑，但還有個底，不像這條河流，總有分支，永遠沒個止盡……」陳華有點感傷，但又想起什麼的繼續說：「還有啊，我從小就吃炸魚，也從小就容易胃痛，但是媽媽又能如何，她就算改變烹調方式也沒辦法改變〈就是得吃魚〉這件事啊。我從小就不擔心捕魚的爸爸會補不到魚，反而擔心你的滿載而歸……」

父親有點驚訝的看著陳華說：「難道滿載而歸也有錯嗎？」

隔天，父親就把陳華送上岸，上岸之前父親跟陳華說了個故事：

「河內有隻精靈，每天穿著紫色的衣裳在錯綜複雜的河流之間穿梭，若以人類的眼光來分辨性別的話，她是個女的，而且她已經活了一千多年，看過中國人也看過法國人，當然還有她最不喜歡的美國人。她的說法是，因為美國人最會大驚小怪的在田裡或水邊哇哇大叫，常常叫散了好不容易才聚集的靈氣，讓她經常做白工。這個精靈遲遲不肯上天或下地，卻喜歡每天跟田裡採蓮的人們一起上下班。心情好的時候她會偷偷幫年輕小夥子採蓮，讓他們早點到街上賣新鮮蓮子蓮蓬，多賺點錢請女朋友喝果汁。但她有一個壞習慣，就是喜歡捉弄那些划船特別慢的老人。她說，在這個求發展的社會，大家都應該要講求效率，而這效率體現在河內，當然就是划船速度了，所以划船太慢的老人家應該要被捉弄，被捉弄之後或許能改變老人的划船節奏呢。

不過，她也有善心的一面，倒不是不偷喝大家的下午茶，而是遇到她喜歡的人，她會幫那人把腳洗乾淨，才讓他上岸。所以陳華，當你上到河內陸地的時候，請注意你的腳是乾淨的還是沾滿泥土的，就知道，那個穿紫色衣裳的高瘦精靈對你到底有沒有興趣了。還有啊，如果你還想返回到這條自由的河流時，也務必請這個紫色精靈把你雙腳的泥土洗乾淨；否則，你捕魚的技術將留在陸地永遠回不了船家。」

陳華一踏上河內陸地，就將父親的話忘得一乾二淨，一眼也沒瞧自己的腳丫子，因為他可是穿了一雙全新的愛迪達運動鞋上岸的。他的第一件事情當然是打電話約女朋友見面。阮氏梅是陳華的小女朋友，大家都叫她阿梅，阿梅在草鞋街上賣鞋，不過賣的不是草鞋而是運動鞋，陳華腳上的這雙就是上回在她店裡買的。阿梅告訴陳華，現在陸地上的年輕人都時興穿運動鞋，所以陳華也應該擁有一雙。阿梅騎了一部50 *cc*的摩托車到碼頭接陳華，兩人見面又擁抱又親嘴，連一旁賣涼水的老太太都趕緊把頭轉開，覺得很尷尬。

阿梅一路超速闖紅燈按喇叭的把陳華載到河內最熱鬧的三十六行街，這個區域承襲了古老的街道命名法，也受到華人喜歡扎堆開店的影響，所以有打鐵街、銅街、糖街、喜慶街、棉花街、紙街、餅乾雜貨街……等等。幾乎想得到的民生必需品，就有一條街，所以每天都擠滿了人，非常熱鬧。陳華坐在摩托車後座，見識到阿梅騎車的飆悍，也發現河內陸地上的人每個人都很急著趕去哪裡，所以誰也不讓誰。這跟在河道上行船時的緩慢、等待與互相禮讓，真是有所不同啊。

「晚上帶你去看水木偶！你想先喝杯咖啡還是甘蔗汁呢？」阿梅停好了車，很興奮的邊說邊帶陳華在騎樓下小店前的紅色小椅子坐下。為了讓街道整齊，政府不准大家擺攤，但是生意人總有更好的對策，那就是在店面前擺放塑膠小椅子，快速拿出也快速收回，幾乎不會影響過路人。

「水木偶是甚麼？我從來沒看過呢！」陳華還是點了杯熱咖啡，也加了很多煉乳。其實只要不吃炸魚，甚麼都好，陳華想。

「今天要演的是〈黎王還劍〉是我最喜歡的一齣劇碼了，因為除了人物木偶之外還會有神龜，所以很有意思的喔！」阿梅喝著甘蔗汁，露出甜甜的微笑。

太陽下山後，水木偶劇場前果然聚集了人潮，原來這木偶戲因為在水上演出，所以叫做水木偶，陳華覺得，水木偶操縱者應當坐在船上然後將木偶放在河裡演出，才會更像水木偶，現在的演出方式好像少了點甚麼。

水劇場的燈光亮起，首先出現的是兩隻像水鴛鴦一樣的東西浮在水面，陳華想起小時候父親說的〈黎王還劍〉的故事，事實上，這個故事也深深的影響著所有河內的小男孩，在上小學之前人人都想背一把劍在身上，才能象徵自己的勇敢和愛國。

八百年前，黎利為了反抗中國明朝的統治，長期與明軍周旋，後來得到了名為「順天劍」的寶劍所幫助，因此擊敗明軍，統一安南建國號為「大越」。當上君王的黎利當然寶劍不離身，有一天，他到現在叫做還劍湖的地方乘船遊湖，湖中突然出現神龜，隨從想用箭射龜但都射不到，後來黎利以順天劍指向神龜，沒想到神龜非但不怕反而讓順天劍落入湖水跟神龜一起游走了，黎利就這樣失去了這把寶劍。後世的人都說，神龜取走神劍藏於湖底是為了日後還要幫助越南人抗敵，因此，還劍湖裡的斑鱉成了人們心中的神龜。

劇場結束，眾人散去，陳華還是覺得哪裡不對勁兒，這些明明是發生在陸地上的故事為什麼要在水上演呢？陸地上光怪的事情實在太多，才一天就已經讓陳華想不透了。

這一夜，是陳華第一次睡在不會晃動的木板床上，他將深刻地感受陸地的穩定與踏實，只是閉上眼睛的他，會看見黃濁河水裡一群群的小魚們，正過著它們水裡幸福美妙的時光。當然，陳華也會夢見那個身穿紫色衣裳的高瘦精靈，拒絕幫陳華把腳上的汙泥洗乾淨，精靈告訴他，她從來不幫穿運動鞋的人洗腳，不管他有多帥。

蘇北・無老村

護士許萍的愛情

十七歲的許萍來自蘇北的一個農村，對日抗戰開始後，她離開農村決心投入戰場，對抗侵入家園的日本人。許萍在農村裡有個青梅竹馬的男朋友叫大方，他跟許萍一樣，投身戰場。離開家鄉時他們相約，戰爭勝利之後要舉行風光的婚禮，因此許萍比一般的女孩更加愛護珍惜自己純潔的身體。

許萍進入上海醫護學校的短期班，學習急救與特殊護理。在那裡她認識了張小春與黃歷歷，兩人都跟許萍一樣，是二十歲不到的青春少女，對自己即將投身戰場充滿了信心與激情。

在短期班裡，許萍遇見第一個醫生是一位四十歲左右的醫學教育者。醫生的家人死於一次轟炸中，醫生對許萍特別好，因為許萍的臉蛋像極他過世的年輕妻子。醫生教導許萍在戰地裡「惟有不斷的思念愛人，才有活下去的勇氣」，不論愛人是生是死。

許萍、張小春和黃歷歷很快就被派上了前方戰場。她們跟隨部隊前進，駐紮在與前線相連的營區之內。太多的傷兵讓許萍發現所學的不足，許萍決心要跟戰地醫生學習更多的急救手術。在那裡，許萍認識了第二個醫生。趙磊是一個年輕的實習醫生，有熱血沒實戰經驗的年輕醫生。趙醫生不僅喜歡許萍的上進心，更迷戀許萍年輕的身體。趙醫生用盡各種方法，甚至特別教導許萍切除傷患肢體的技術，許萍認真學習，心卻不為所動。

戰況的不樂觀，很快就粉碎了許萍救助傷兵的美夢。她所跟隨的部隊遭到突襲，不僅被打的落花流水，四處逃避之下許萍還跟醫療隊分散了。

許萍在山林裡躲避了不知多久，但終究還是被日本軍隊發現了。打昏之後被帶到日軍的營地之中。昏迷之中，日本軍醫為許萍做了身體檢查。當許萍睜開眼後看到的是一個乾淨有禮貌的日本軍醫山本義二，年輕的山本義二對身旁的守衛說：真不可思議，她還是一個處女，以後她就叫*loku*吧（日語中數字六的發音）。

那一夜，一個小小的日軍少校奪去了許萍為男友大方守了二十年的處女身。而這一幕，是在山本義二的眼皮子底下進行的，許萍因此痛恨山本。

許萍意識渙散的過著每一天，直到她在慰安營裡見到張小春。小春說，黃歷歷也被抓來過這裡，但是在兩個星期前死了，死亡之前身體就已經開始腐臭，日本軍醫連看都不看黃歷歷一眼。

被當成慰安婦的許萍原本以為自己再也沒有留在人間的意義，直到有一次，山本義二再次檢查她的身體。許萍極端的想著，如果能讓自己得病，那麼她就能將病菌傳染散播給任何與她性交的日本軍人了。

許萍接客的態度因此有了很大的轉變，她熱情而主動，當然，軍醫給她的藥她根本不吃。她也鼓勵日本兵不戴保險套，因此很快的，她就不能再接客了。當然，染病的日本兵們覺得一定得把許萍殺掉。但山本義二一反常態的為許萍治療，他細心的照顧著不僅下身已經嚴重受損，連心理也有些變形的許萍。山本的作為讓所有的人都覺得他愛上了許萍。但許萍不這麼想，她覺得身體雖然已經發臭，但一定得保持原來那個愛戀著大方的純潔的心。她始終沒有忘記第一個醫生告訴她的，惟有不斷的思念愛人，才有活下去的勇氣。許萍堅持著她的思念。

山本對許萍的治療又嚴格又溫柔，中間曾經有過好幾次日本士兵想對許萍動手，但都被山本阻止。許萍曾經心動，但每次想到山本看著自己失去童貞的那個表情時，許萍就又對山本充滿了恨。許萍也曾經想過要不顧性命的逃跑，除了苦無機會外，最主要就是捨不下小春。

幾個月後，許萍的身體好了，但山本靠著關係和需要女性助手的名義，一直把她留在診療室。山本愛戀著許萍，但決不跟許萍發生關係。他只喜歡輕輕的愛撫著許萍的每一吋肌膚，許萍在偷來的安定中享受著山本的愛意。她甚至慢慢的喜歡上了這個乾淨有禮貌的軍醫。許萍不懂，山本為什麼要對她這麼照顧。山本於是告訴許萍，他曾經看過一幅中國的仕女圖，是一個叫做陳老蓮的畫家畫的。山本覺得，許萍就像那圖畫當中的女子，只是比較消瘦而已，他因為愛那幅畫而珍惜許萍。

山本說，女人是要被疼愛的，不應這樣被蹂躪，但是在這個時代之下，在這個戰場之下，在這個軍營之內，是沒有真正因愛而來的肌膚之親，山本希望有一天許萍能回到故鄉，重新做一個被尊敬疼愛的女人。許萍因此由恨生愛喜歡上了這原本是敵人的男人。

許萍最後還是被送回了慰安營，離開診療室前她要求山本因為愛而跟她性交，這樣許萍就算死了也了無遺憾。但山本拒絕了，他目送著許萍離開。

戰爭結束的混亂中，許萍跟小春逃出了慰安營，臨走前，許萍來到山本的診療室。許萍擁抱著山本，山本在耳邊告訴許萍，當時為了讓許萍活下來，不得不將許萍的子宮拿掉，所以她將永遠不能生子。

許萍回到家鄉，幸運的見到在砲火中生存下來的大方，但大方已跛足不成人形。許萍講述自己的遭遇，大方無法接受因此不再與她來往。許萍的故事在村子裡流傳開來，人人不願靠近她，最後她躲入深山不再出現，成為當時眾多失蹤人口之一。

多年後，一位日本青年拿著陳老蓮的一幅畫到蘇北的這個小農村尋找許萍。村民們好奇的問他為何而來、為誰而來，日本青年只幽幽地說，「這是家父的遺願」。他挨家挨戶的尋著，但終究抱憾而歸。

只要一個轉彎她就能看到遼闊的海洋

Alfama, Lisbon

……

「嘿，胡安，你家的紫藤又要爬到我的窗戶來了啦！」老太太麗塔從二樓的窗台向著對門鄰居大喊。

「永遠年輕美麗的麗塔，我早就跟妳說啦，如果嫁給我了，就根本不用擔心這紫藤要怎麼爬了……」

今天陽光正好，老太太麗塔洗了她的花床單，正打算晾在陽台上，沒想到才幾天的功夫對面胡安家的爬藤就順著電視天線爬了過來。陡峭、窄小是阿法瑪這區幾百年來的特色，這裡的人幾乎沒有甚麼隱私的生活著，如果麗塔想臨時跟鄰居借一點鹽來做菜，只要在廚房大聲吆喝幾聲，老胡安可愛的孫子就會為她送上；據說有一回老胡安說了不好聽的夢話，還被隔壁耳尖的瑪麗亞聽的一清二楚，隔天早晨瑪麗亞氣呼呼地甩了兩巴掌給老胡安。他們的房子小而破舊，但該有的生活機能都有；因為這些房子逃過了一七五五年里斯本大地震，因此在這城裡顯得格外珍貴，特別有歷史價值，連「住在裡面的人」也被小心的保護著。

不過，自從外面的人進來開發這個區域之後，很多阿法瑪區的小房子都改成了時尚的小餐廳和小酒館，捨不得把房子賣掉或租出去做生意的人家，也就成為這區的另一種風景。像貝拉和胡安這幾家人就是這樣。

「打了一輩子的魚，好不容易找到不會搖晃的地方落腳，就讓我在這裡終老死去吧。」有一回老胡安對著想買下他房子的生意人說。

「從我房間的小窗，我可以看到打完魚回家的老公，我幾乎能從他爬坡的速度判斷出他是不是又捕了條大魚……我在這個窗邊盼著老公打魚回來，從十八歲盼到現在他都上了天堂，你說我能離開這扇窗嗎？」麗塔淚眼汪汪地對著西裝畢挺的年輕人說。西裝年輕人是懂得上一輩的這些哀愁的，輕身告退後就再也沒有來煩麗塔他們住的這條小巷的居民了。

想當年，十六歲的麗塔確實是個美女，但她不只外表美麗，她勇敢冒險的心，就像十六世紀的那些航海家一樣。她告訴家人，身為一個葡萄牙人不能在看不到大海的地方生活一輩子，於是她從葡萄牙北邊的波塔萊格雷山區到首都里斯本找工作。一到里斯本，麗塔就到貝倫區，一償看海的心願，貝倫塔和海事博物館這兩個地方讓麗塔重溫了葡萄牙海權時代的輝煌，也更確定了自己來到里斯本的正確。

然後麗塔靠著28號電車開始認識這個古老的城市，她隻身走進了阿瑪法，她迷失在這個區域裡，這些巷弄對初來乍到的她真的太狹窄也太相似了。她在巷弄四處張望著，幾乎可以看到每個家庭的樣子，她喜歡這樣的居住型態，賣糕點的鋪子、家居雜貨的小店、蔬菜水果全都這麼靠近的在一起。同樣都是葡萄牙，這裡跟自己的家鄉竟然這麼不同。

山區長大的麗塔覺得自己真是開了眼界了，她迷失在這個全世界最迷人的迷宮裡，事實是她根本也不想走出去，因為只要一個轉彎她就能看到遼闊的海洋，她朝思暮想亟欲一探的海洋。

才一天，麗塔就第二次走進阿法瑪的這家小餐館，一家一點都不起眼的餐館。中餐她在這裡吃了烤鱈魚配橄欖油和小馬鈴薯，覺得好吃極了，自己的家鄉從來沒有這樣的滋味，所以，晚上她又來了。

這樣的緣份是麗塔自己找尋來的，多年之後，麗塔依然這樣覺得。

「聽說妳中午就來過了，還點了我們的招牌菜！」一個二十出頭的年輕小夥子像侍應生一樣的來到麗塔的桌邊問她。這個年輕人一付自己很帥氣的樣子，用手梳整他的短髮。麗塔覺得好笑，她告訴這個年輕人說，因為他們家的魚好吃又不貴，以自己的積蓄來看，應該還可以來吃三天。

年輕人打開菜單告訴麗塔，還有更好吃更便宜的餐點，可以讓她來吃一個星期，他將為她送上一客。才說完，就聽到有人在叫喚這個年輕人，「胡安，你在幹嘛呀，還不趕快把你打來的魚送到廚房……」原來胡安是送魚來的，根本就不是這家餐廳的店員。麗塔覺得這個年輕人有趣極了。

於是，胡安就成為麗塔在里斯本的第一個朋友，接著麗塔才認識了胡安最要好的朋友，也就是後來麗塔的先生桑托士。他們三個人很快就成為形影不離的好朋友，胡安開朗外向愛說笑話逗麗塔，桑托士害羞內斂，總是安靜地陪在麗塔身邊。兩個小夥子有空就帶著麗塔到海邊游泳，很快麗塔就曬得皮膚發亮，像在海邊長大的女孩。黃昏時分，麗塔總會在碼頭邊同一家小糕餅店吃著蛋塔，等著兩個人下船回來。然後，他們三個人會一起回到桑托士的小閣樓，吃桑托士的拿手好菜烤沙丁魚。這沙丁魚就是那時候胡安介紹麗塔可以吃一個星期的那道菜。沒想到，麗塔不僅吃了一個星期，還吃了一輩子。麗塔說，桑托士做的沙丁魚比任何一家餐館的鱈魚都更迷人，才剛吃完就又想念，怎麼吃都不會膩，就像水之於人一樣，生活在里斯本不能沒有桑托士的沙丁魚。

麗塔在餐廳當侍應生的同時，被老闆發現了她的天賦，歌喉。老闆幫麗塔出學費讓她去學唱 *Fado*。麗塔年輕，但音色低沉，詮釋起懷念或渴望的情緒特別迷人。麗塔也開始知道，她的 *Fado* 不同於科英布拉那種比較傳統學院派的 *Fado*。同樣是所謂的「命運之歌」，科英布拉的撥開悲傷的外層後可以清新，甚至微甜。但她要表達的是海洋的，水手的，貧困的那種，那才是她希望用生命詮釋出的。

很快的，才兩年的時間，麗塔就開始在餐廳演出了，她是全里斯本最年輕的 *Fado* 演唱者，她感謝餐廳老闆的眼光獨到。每一次的演出，她都能感動聽眾，甚至有很多聽眾還掉下眼淚。有人問她為什麼這麼年輕能唱出悲傷的音符。她說，因為心中所想的都是胡安和桑托士出海捕魚的情景，她幻想她是在碼頭等他們歸來的家人。

那時三個人還是等邊三角形的狀態，麗塔在頂點用很好的技巧保持與另兩點的距離，拉近任何一邊的同時也會相對拉近另一方，她不願意破壞這種平衡，因為兩個人都是她在里斯本的好朋友，缺一不可。可是，任誰都看得出來胡安對麗塔的豐盛愛意，只是老天爺總是這樣作弄，在男女情感上，麗塔更感興趣的不是胡安而是桑托士。當然，並不只是因為桑托士用沙丁魚收買了麗塔的胃，而是每一次他們一起在海邊游泳時，桑托士露出的厚實胸膛。麗塔想過，那樣胸膛才像是勇於挑戰海洋的水手的胸膛，才是她一輩子可以安心倚靠的。

麗塔十八歲生日的那天，兩個小夥子說要送麗塔一個生日禮物。他們帶麗塔去搭乘了對三個人來說都是第一次的「聖胡斯塔升降梯」。胡安說雖然那是艾菲爾的愛徒所設計，並且也跟巴黎鐵塔一樣出名，不過因為要收費，所以多半是觀光客或上班族在搭，像他和桑托士這樣的漁民是根本不願意花這個錢的。而麗塔這一生，真的也就搭過那麼一次而已，因為這一次打破了三個人間平衡的關係。

在這個擠滿二十九個人的升降梯裡，彼此幾乎沒有縫隙的緊靠著。麗塔細瘦的左肩剛好壓在桑托士結實的右胸膛上，麗塔覺得不好意思地想挪動肩膀，但卻不能，因為實在太擠了，若不想碰到桑托士就得碰其他的陌生人，麗塔只好放棄。電梯啟動的那一刻，桑托士偷偷的牽了麗塔的手，正確來說，應該是「握」了一下麗塔的手。麗塔嚇了一跳，那一刻，她心跳加速，臉頰發紅，她不敢動，彷彿連升降梯也靜止不動了。直到大家走出升降梯，桑托士才把手放開。走出升降梯的麗塔覺得，這世界好像有點不同了。天空變得更藍、花更嬌豔、水更甘甜、就連身邊的桑托士的笑容也英俊了起來。

那天晚上，三個人在桑托士家為麗塔慶生後，胡安因為有事先離開，臨走前還不忘提醒桑托士要把麗塔平安送回家。胡安走後，桑托士終於對麗塔表白，他希望麗塔能嫁給他，一起共組家庭。麗塔點頭，桑托士第一次親吻了麗塔，麗塔非常開心，因為她真的可以在里斯本有個家了。桑托士仍然有點口拙的告訴麗塔，他會努力存錢把這個閣樓買下，然後是二樓，然後是一樓。雖然這裡住的多是像他這樣的漁民和窮人，但是他知道那個二樓的房間可以看到大海，是麗塔喜歡的，而且以後，麗塔從那裡就可以看到他下船回家，再也不用到蛋塔店去等他了。

當胡安知道麗塔答應桑托士求婚的時候，他大醉了三天，沒有人敢阻止他用這樣的方式表達心中的難過與氣憤。然後胡安就跟著遠洋漁船出海去了。

當胡安跟麗塔再見面的時候，已經是三十年後了。胡安剛當上了爺爺。

麗塔依然在餐廳演唱 *Fado*，只是現在只在周五和周六兩個晚上。

胡安坐在遊客裡，聽著麗塔的歌聲。怎麼還是唱的這麼悲傷啊，胡安想，難道桑托士沒讓她幸福嗎？胡安想到以往的一切，雖然那麼遙遠，但就像海面閃爍的點點光影，明亮的讓他不忍直視，但，刺痛的感覺卻不見了。胡安的眼睛有點濕潤，年紀大了，好容易流淚的。

麗塔演唱完，坐到胡安身邊，胡安稱讚麗塔還是那麼年輕美麗，麗塔笑了，說胡安還是跟三十年前一樣那麼容易逗自己發笑。麗塔告訴胡安，她跟桑托士曾經非常幸福的生活了十年，生了一個女兒。第十一年才要開始，桑托士的身體就出了狀況，不到一年就離開她們母女了。麗塔覺得很可笑，自從認識他們兩個後，她總是擔心他們其中之一會出海捕魚回不了家，結了婚之後，更是害怕桑托士這樣丟下她。她的每一首 *Fado* 也是用那樣的心情在演唱著，所以才那麼深刻動人。結果沒想到，那麼健壯的桑托士竟然是病死在醫院而不是海上。

胡安買下了麗塔家對面的小房子，兜了這麼一圈看來最後還是得由他來照顧這個永遠年輕美麗的麗塔，早知道當初不要跑去搭訕就好了，緣份這東西還真是麻煩，胡安想。

掃一掃，看看麗塔的阿法瑪

五花茶

上環・正街

都說上環正街上的這家五花茶舖，傳承了最道地的泉州滋味。老闆李伯一輩子珍惜保護的就是五花茶的配製秘方，除了他沒有第二個人知道。李伯有三個女兒，成長到人生的不同階段，毫無例外的都經歷著女性在感情中的各種滋味。李伯夫婦總想給女兒們建議，但是這些新時代的新女性總覺得老爸的觀念落後，不值得採信。

一天，李伯換了新的衣服躺在床上，他拿起電話一一告知女兒們，他即將死去，請大家回來一趟。

李伯面色紅潤的躺在床上，對著床邊不知所措的女兒們說，他雖然不是中醫，但一輩子的草藥生涯多少也讓他對於身體的春夏秋冬有所了解。而此刻，身體的這個冬天即將結束，而且不會再有下一個春天的來臨了。因為他得了癌症，而且是醫不好的絕症，他自己摸的出來，因為肚皮下腫瘤的形狀像隻大閘蟹。

所以他得為這個祖傳的五花茶店尋找繼承人，這就是要大家回家的目的。

沒有一個女兒願意接手，李伯發現，女兒們不是不愛這家鋪頭，而是愛情這樣東西，已經搞得她們個個精疲力盡。

老大阿菊，已經離婚，對男人死心，加上更年期的不適，她說自己連最心愛的女兒都無法好好照顧，那有心力照顧舖頭。

老二阿南正處於不知如何處理小三問題的水深火熱之中，天天跟愛跑羅湖的老公吵架，還跟小三當面對質，但小三就是不願放手，她也不願放手，她說絕不讓小三成為正宮。

老三小水，對愛情慾望高漲，在打工的 *Starbucks* 遇到一個可以實驗愛情的年長男人，她說自己正在試婚中，像錯加甘草的五花茶，好像哪裡不對但卻感覺甜蜜。

李伯藉著這個相處的機會告訴女兒們一個故事，一個李伯與死去妻子的故事。

三十年前的一個夏天，李嬸在李伯的褲袋中找到兩張到澳門的船票，之後小小的舖頭裡每天只有吵鬧、哭泣和拷問，一段婚姻眼見就要破裂了。

九月初的一個早上，李嬸上小閣樓搬草藥，一個不留神摔了下來。

李嬸意識模糊進了醫院，當她醒過來時，好像什麼也記不得了。回到家，李嬸從最熟悉的五花茶開始，漸漸拼湊過去的記憶。先是五花茶，然後是自己的小孩阿菊、自己的先生，才是其他的一切。

但是關於船票事件，就好像不曾發生過一樣。李伯的心情變好了，就好像燥熱的午後喝了一杯清涼的五花茶一樣。他鬆了一口氣，重新開始他的家庭生活與夫妻關係。

直到李嬸去世的前一晚，李嬸從床頭櫃裡的小木盒中拿出那兩張已經字跡模糊的船票，李嬸微笑著，當著李伯的面把船票撕了，然後緊緊握著李伯的手。

李伯告訴女兒們，在愛情中，若要對方記得你，你先得學會忘記。面對不同的愛情對手，你得選擇忘記不同的內容，就像五花茶一樣，它並沒有一個標準配方，所以李伯會為不同體質和症狀的客人搭配不同的花草。所以即使李嬸已經不在了，李伯會記得並感謝這個女人一輩子，因為那個女人在他們婚姻的關卡時刻，選擇了忘記。

三個女兒在父親的故事中，找到了各自想要的答案，她們終於知道應該要忘記些什麼，才能讓愛情或婚姻變得順暢減少憂慮。

李伯最後因為不願讓西醫插手而平靜的死去。

三個女兒決定一起接手這家五花茶店，而且開始有了全新配方的各式涼茶出現。這些涼茶在上環變得有名，幾乎每個過路的女人都人手一杯，大家都說這家的涼茶不管是五花茶、三味茶還是夏枯草，都能有效舒緩因愛情而來的各種疑難雜症，連那些穿著高跟鞋在中環上班的時代新女性也趨之若鷥。沒想到女兒們接手後的這家傳統老店也能登上周刊封面，李伯李嬸在天上感到非常欣慰。

掃一掃，看看五花茶

瓦采街的布達和佩斯

Vaci Utca, Pest

迫不及待穿上春裝的艾莉有點後悔，真不該這麼早就把這雙紅鞋穿出來的，眼見著天空開始轉灰，恐怕等下就要下雨了。艾莉加快腳步，朝著瓦采街的那家咖啡廳走去，她和姊姊艾許約好了每周三下午的一杯咖啡。

艾許和艾莉是同母異父的一對姊妹，跟著各自父親生活的兩個人原本居住在地球的一東一西，三年前因為母親的離世才把兩個人拉到了母親的家鄉布達佩斯。艾許跟艾莉在不同的家庭、不同的城市長大，本來就沒有甚麼姊妹之情，再加上兩人相距十歲，彼此跟隨的姓氏也不同，所以一開始在樂團裡，根本沒人知道她們是一對姊妹。

也因為這樣才讓那個男人同時愛上了她們倆個。男人是妹妹艾莉從音樂學院畢業後一進樂團就開始相戀的，男人學的是理論作曲，也是樂團的行政總監。一開始大家都說艾莉是靠著年輕美貌才能考進樂團的，因為這個樂團怎麼說都是個國家樂團，每年為了一個缺都會有來自全歐洲甚至全世界的人擠破頭想進，艾莉太年輕，才剛離開校園就能順利成為樂團的大提琴手，背景肯定很硬。

艾許風姿綽約的走進店裡，不只艾莉抬起了頭，連其他不相關的客人都目不轉睛的注視著艾許。論美貌，艾許艾莉倆人其實差不了多少，但剛滿三十五歲的艾許，舉手投足間比艾莉多出了成熟女性的那種嬌媚。艾莉清楚的知道這在個部份她永遠也追不上姊姊，她低頭看了自己的紅色高跟鞋一眼。

「我們真的可以分享同一個男人嗎？」艾莉看著姊姊卻問了自己。

「妳看這天氣，妳才前腳進來，外面就下起雨來了呢，今天還是咖啡嗎？」年輕的店員問艾許。瓦采街的這家 *Anna* 咖啡，是姊妹倆的最愛，因為店員總會很親切並且有分寸的跟客人們噓寒問暖，所以每次姊姊艾許都會留下比剛好再多一點點的小費。窗外的雨開始變大了，隔著窗可以看見行人們開始跑動了起來，有幾個就剛好躲在 *Anna* 咖啡廳門外。

「是啊，天氣很重要，而且下雨天真的很好。想當年沙特和西蒙波娃就相遇在咖啡館，那時外面正下著毛毛雨。沙特說，外面下雨所以不走了。然後，他們倆個就相守了四十年。妳說，天氣有多重要。」姊姊艾許對艾莉眨了眨眼，然後點了杯咖啡。艾莉就是羨慕艾許的這個部份，艾許繼承了藝術家父親的個性，總是多一點浪漫，多一點不在乎他人眼光的自信，當然還有最令艾莉羨慕的任性感情。艾莉總是想著，如果她跟艾許是同一個父親所生，那麼她會不會比較勇敢，不管是追求夢想或者男人。偏偏父親的法官性格，不僅黏在自己的眉宇間，連帶食衣住行都過份地講究條理，無形中讓艾莉的日常生活太有原則，一點都不自由隨興。

「我們，一定要聊那個男人嗎？」艾許問妹妹。熱咖啡很快就被端上桌，艾許輕輕地喝了一口，但不可避免地，口紅還是印在了杯緣上，像半顆含水櫻桃。

艾許總是這樣直接，跟艾莉拐彎抹角才能繞到主題的個性完全不同。艾莉回答說：「我還是想再跟妳聊一下這件事，也並不一定就是聊他。我想多知道一點男人到底是怎麼想的，就只是這樣而已。而艾許，還有誰比妳更適合告訴我這些呢？」

對某些人來說，艾許的過去是有點不堪的，她愛追求她的任何一個男人，男人也愛她，但總持續不了多久她就開始變心。也不是說不喜歡手邊的這個，但就是想試試跟不同人一起吃飯聊天喝酒的那種新鮮感。所以，也許艾許她心理和生理上都更像一個男人，所以她的愛情總持續不了多久。

「艾莉，我知道妳對我的過去很好奇，但請妳不要羨慕也不要可憐我，因為對我來說，所有一切的發生都自然極了，我就是做我自己，我從來沒有想過要欺騙或者玩弄什麼……對了，妳小時候聽媽媽講過顧他（*Guta*）的故事吧？」艾許一點都不想在妹妹面前說甚麼感情的道理，更不想用告解的方式誠實地說出那個學作曲的男人有多麼的迷戀她。她一點都不想傷害妹妹，她唯一的錯誤就是不知道那個男人同居三年的對象竟然是自己的妹妹。誰讓她們疏遠了二十年呢。

艾莉點點頭，說她當然知道顧他，每個匈牙利的小孩都知道，就像每個小孩都一定得認識音樂大師李斯特一樣。從小，艾莉最害怕的怪物是佛聶（*Fene*），因為大人總是會在她不乖的時候張牙舞爪的說「佛聶要來吃掉妳啦……」；第二個害怕的應該就是顧他了。艾莉想笑，她告訴艾許，我們為什麼要怕顧他呢？顧他又不會吃小孩，該害怕顧他的應該是那些大人才對呀。艾許也笑了，覺得小時候媽媽說的這些故事很多真是沒甚麼道理的。顧他代表的是事物的醜陋面，在小孩乾淨單純的心裡，哪有醜陋的東西，所謂醜陋骯髒的東西只有大人的世界才有啊。

艾許的母親是在香港遇到艾許的父親的，當時母親只有二十歲，然後母親生下了艾許，跟艾許的父親一起生活了六年就回到布達佩斯了。艾許的父親是一個小有知名度的英國藝術家，在香港創作，也生活了四十年。在艾許的記憶中，母親離開之後，好像就換成了「顧他」在照顧她，很多事情不再美好，開始醜陋。所以當她知道母親在布達佩斯結了婚並且生了個妹妹之後，她其實是很忌妒這個妹妹的。艾許總覺得自己來到是世上是父母的疏忽，是被不情不願的生下來的，但是妹妹就不一樣，她是在一個充滿期待與愛的家庭中成長的。三年前母親安排她到布達佩斯生活時，她還是心中充滿醋意的面對這個妹妹。

艾許剛到布達佩斯的時候，母親曾經陪著她去認識這個城市。記得有一個黃昏她們母女倆個散步到鎖鏈橋，那時母親仰望天空裡僅有的兩朵白雲，對艾許說，她這輩子最大的遺憾就是把艾許留在了香港，沒能一點一點地陪著她成長為一個漂亮的女人，是身為母親的悲哀。

母親告訴艾許說，她很感謝老天賜給她兩個女兒，這兩個女兒對自己來說，就好像布達和佩斯，將她們倆個分隔兩地的是名為時間的多瑙河，但是她又多麼希望自己能扮演鎖鏈橋這樣的角色，連結兩端，讓彼此有所交流。在母親的心裡，艾許雖然大了十歲，但艾許的個性多變化，比較像是年輕的佩斯城；而年輕的艾莉，沉穩保守，反而更像老城布達。兩人缺一不可，各有迷人之處，都讓母親愛到極點。

艾許告訴母親，她曾經怨恨、沮喪、叛逆，但隨著年紀增長，她開始能體會母親的苦衷。她也很感謝母親給了她一個妹妹，以後不管在地球的哪個角落，她都不會覺得自己是孤獨一人，至少心理上可以有個依靠。

艾許喝完了咖啡，窗外的雨依然下著，咖啡廳裡的客人也多了起來，艾許幫自己和妹妹各點了一杯冰涼的白葡萄酒。她決定要告訴妹妹是怎麼和她的那個男人發生戀情的了，只不過是艾許改編後的版本。

十月的布達佩斯已經轉涼了，但是不管是佩斯的啤酒節或者布達皇宮的葡萄酒節都選在這個時候。那個周五是艾許第一次參加樂團的練習，她在來到布達佩斯的第三年決定要加入這個國家樂團，當然她也很順利的考上了那個小提琴的唯一空缺，因為艾許在香港和法國的樂團總監都為她寫了很好的推薦信。團練結束後，幾個小提琴手約了艾許到布達皇宮參加一年一度的葡萄酒節，也算是對她的迎接。這個葡萄酒節的規模非常盛大，有超過上百個酒廠參加，每一家都拿出最足以代表的紅葡萄或白葡萄酒來吸引客人。每個客人都在胸前掛上寫著「*A Borfesztival Budai var*」的小黑布袋，這個小酒袋剛好可以放下一只高腳酒杯。從這個皇宮可以清楚的眺望對面的佩斯城以及穿越布達和佩斯的多瑙河，當然還有連結兩地的鎖鏈橋。

鎖鏈橋的夜燈才亮起，艾許跟朋友就喝的差不多了，搭配著手上的紅白葡萄酒，他們幾人也點了德國香腸和薯條，坐在皇宮石牆邊眺望著遠方，這是欣賞佩斯城的絕佳位置。朋友說，平常這裡是屬於觀光客的，只有在這樣的節日，布達佩斯人才會乘坐小纜車上來喝一杯，順便看看自己居住的城市有多麼雄偉多麼美。朋友還說，十五世紀馬提亞斯國王統治時的皇宮，堪稱是匈牙利的文藝復興時期，藝術文化都到達了頂峰，一點也不輸西邊的國家，那時這個噴水池裡流的可都是葡萄酒呢，若是與愛人共飲池裡的葡萄酒，兩人將得到天神的祝福，愛情永固。

艾許喝多了，有點茫茫的，搶著要跟朋友們一起喝池水，大夥兒故意躲著她，開心極了。就在這個時候，男人出現了，他拿著酒杯敬大家，大家也回敬他，並且調侃他說，總監的周五自由之夜，原來就是這樣度過的啊。艾許跟這男人四目交接，她馬上知道，幾個鐘頭之後，這個男人會睡在她的床上，她就是有這樣的把握和本領。

男人被慫恿著送艾許回家，艾許當然欣然接受，畢竟是個好看的男人，而且她知道事情會照她所想要的繼續發展下去。喝過多的艾許一進家門就把男人拉到床上，她主動脫男人的衣服，然後也脫光了自己的，只是他們兩個真的都太醉了，竟然只是親吻了幾下之後就雙雙睡去。

夜裡，男人被喚醒做愛，像一場春夢，男人剛好是主角。艾許知道，這次的做愛對男人來說沒有任何意義，只是艾許單方面想要有一個情慾之夜而已。艾許熱烈激情，男人只能在半夢半醒之間配合。

跨過三十五歲的艾許開始覺得，中年人的戀情像一件舊襯衫，袖口開始磨損，胸前有著微小汗漬，但如果不注意，也可以當做看不見；慌張的時候還是會扣錯鈕扣，但若是穿上合身的西裝外套後，其實跟新襯衫也沒差別。

艾許說到這裡，她再度強調說，那樣的做愛對他們倆人都沒甚麼意義。

艾許沒說的是，隔天早上，男人跟艾許一起喝了咖啡後，終於看清楚了眼前這個性感的艾許，情不自禁地又跟艾許做了一次。這次男人告訴艾許，這是他從來沒有過的激情，他跟女朋友的性愛太規律太平凡了。艾許告訴男人，她不介意當小三，男人經常不在身邊是好事，彼此愈不相見也才愈能想念，更何況，他並非已婚，若有需要，她會把他搶過來的。只是，現在的艾許還不確定會跟這個男人在一起多久。

艾莉聽姊姊艾許說完後，還是忍不住的眼睛一片模糊，她低下頭緩緩的擦去淚水。艾莉當然生氣男人這麼經不起誘惑，但卻更可憐自己的姊姊艾許。擦去淚水的艾莉，開始轉動自己大腦的理性那半，「艾許，如果，妳當初可以忍耐對方的出軌，並且視而不見，不要去報復的話，那麼妳現在過的應該是不同的生活吧。至少不用再反覆的戀愛、分手、戀愛……我替妳感到難過耶……」艾莉說。

艾許睜大了眼睛看著眼前的這個妹妹，艾許覺得妹妹真是奇怪極了竟會說出這樣的話。「艾莉，妳真的可以忍受他的出軌？」艾許把剩下的，已經不冰的白葡萄酒一口氣喝完。

隔了一會兒，出乎艾許的意料，艾莉竟然點了點頭，艾莉說，她不想姊姊再失戀，但卻又還捨不得放掉那個男人，所以她願意睜一隻眼閉一隻眼，只要男人每天回他們倆個的家。天啊，艾許想，這個妹妹跟自己可真的是完全不同的女人啊。

音樂廳裡正在演奏柴可夫斯基的〈偉大藝術家的回憶〉，艾許的小提琴跟艾莉的大提琴琴音相互交織，和諧動人。男人站在後台聽的迷惘了，感覺這對姊妹就貼在耳邊對著自己細細傾訴一樣，搭配的這樣完美的一對姊妹……男人感覺自己正站在鎖鏈橋中央，看著天上的兩朵白雲，他不知接下來該走向布達還是佩斯。

昆明・美軍醫院

黃歡笑

在那個砲彈比與雨水還多的日子裡，大多數人都是強顏歡笑的生活著。所以爺爺為我起了個好名字，叫做〈黃歡笑〉。直到今天我已經九十二歲了，我還是深深的愛著這個名字。只是九十幾歲的歡笑跟二十歲的歡笑還真是有很大的落差啊。

歡笑，歡笑，我相信我這一輩子的好運氣都是因此而來的。只是，在我年輕的歲月裡，我有一個更受歡迎的名字，我叫 *Lido Huang*，我是昆明美軍醫院中唯一的一個中國護士。

對了，你猜對了，我就是當年那個名聞中外的駝峰天使。

說起那個戰亂的年代，在昆明沒有人不知道英雄是誰。每當英雄們轟隆轟隆的飛上青天時，地裡的農夫都會躲到田裡的大樹下，摘下斗笠，瞇著眼仰望著藍天；直到脖子瘦了，天暗了，飛機落地了，英雄回來了。

英雄回來了，男女老少都會排著隊給英雄掌聲，搶著為英雄喝采。那時候老百姓不會說英語，只懂得豎起大拇指就是「好」的意思，所以我們一瞧見老外就豎起大拇指，也不管他是不是剛出任務回來，或者，剛從酒吧喝完酒回來，通通都能得到我們的大拇指。

美國的飛虎隊，是我們雲南的英雄，他讓我們雲南人從躲避日本人的轟炸機，到驕傲的看著有小日本國旗的飛機被一架一架的打下來。飛虎隊的圖案不僅上了天空，更刻畫在當時小孩的心中成為英雄一樣的符號。

那時城裡的每個人都有自己支持的大隊，「亞當夏娃大隊」因為有著亞當被蘋果包圍然後追逐夏娃的圖案，所以特別受到年輕女孩的喜愛；而中小學男生最喜歡「地獄天使大隊」，因為地獄這兩個字太冷酷太恐怖了，大家都相信只要這名字一喊出來小日本就會屁滾尿流的。大隊中最低調的就數「熊貓隊」了，只有他們的飛機上沒有熊貓的圖案，大夥兒都說熊貓太笨重，若畫上戰鬥機，會讓飛機不好控制。

不過，怎麼說我都是駝峰天使而不是飛虎天使，所以我這個故事要說的不是飛虎隊，而是駝峰隊。

自從小日本打進緬甸，不爭氣的英軍又節節敗退之後，中美的陸上補給就被切斷了，於是這條長達八百公里，從印度飛越世界屋脊喜馬拉雅，號稱全世界最悲壯的後勤運輸線就這樣出現了。這條空中生命線，之所以能冠上「最悲壯」，是因為全程幾乎都在海拔四千五百米到五千五百米之間，最高還必需飛越七千米。想想看這些並不先進的C46、C47運輸機，完全沒有壓力調節艙，必須靠著飛行員無比的耐力和卓絕的飛行能力才能活著回來，他們是真正的敢死飛行員。

其實，我在醫院裡見到的駝峰傷兵真的不多，因為他們每次有狀況發生幾乎都是屍骨無存。在那樣的高寒之地是不可能得到救援的，就算沒摔死，也會被冷死、被餓死。在戰況最危急的三年之內，駝峰運送了六十五萬噸物資，卻墜毀了五百架運輸機，共損失了一千五百名飛行員。對，你又猜對了，其中之一就是我的未婚夫，湯瑪士。

那時的我曾經被全昆明的年輕女人忌妒著，但後來的我，也曾被全昆明的女人可憐著。

雖然現在我那金髮愛人的樣子了已經模糊不清了，但我還是要說，對他的愛就像陪伴他的那座山峰積雪一樣，是千年不會融化的，直到今天我九十二歲了，我還是能在孫子面前驕傲的說著姥姥的羅曼史。

呵，那段青春歲月，那個瘋狂的年代，每個人的理想都跟藍天一樣高，每個人也都充滿了鬥志，希望能為國家盡一分力。我念的這個護校因應戰時的需要，所以開了很多緊急救護速成班，讓很多昆明一帶的女孩能夠快速的成為戰地護士。更正確的來說，只要有需要，只要經過了基本的訓練，女孩們隨時都有機會上戰場報效國家。

我因為在爺爺的指導下從小學習了洋文，所以被分發進了美軍醫院。這對我來說算是個很好的單位，不僅離家近只要騎車十五分鐘就能到，最重要的是，爺爺教我的洋文全能派上用場。還記得我的第一句洋文：「來是 *come*，去是 *go*，不知道叫 *I don't know*。」爺爺為了讓我好記，順著口就溜了這句。只是，爺爺教我的是「英語」，而我遇到的幾乎都是「美國人」。一開始，我說的話美國人常常聽不懂，老愛調侃我說：「小姐是英國人呀，口音可真重。」但情急之下我總是「窩」*ter*、「窩」*ter*的，而說不出「哇」*ter*。不過老實說，我的英語並不是因為英國腔讓他們聽不明白，其實是我的雲南腔。美國人因為不懂中國話，如果他們也懂說中國話，就會知道到底是甚麼怪腔調讓他們聽不懂了。

我的腔調不但沒造成我的困擾，反而還讓我受到大家的注意。有一次，一個挺俊俏的美國小少尉走進了醫護室。

他邊打噴嚏邊說：「我吃了太多辣椒，所以很不舒服，噴嚏也打不停，能有甚麼藥治嗎？」

我說：「只聽過雲南辣椒治感冒的，沒聽說會讓人噴嚏打不停。你不就是所謂的『過敏』嗎？在雲南，我們叫做『水土不服』，再多吃點這裡的辣椒蔬菜，多喝點這裡的水這裡的茶，很快你就會適應了。」在醫生看診之前，我這個斬釘截鐵的答案讓這小少尉嚇了一跳。

「呵呵，你就是那個說話有英國腔的中國護士啊，果然是名不虛傳呢，妳說的話跟妳的臉一樣漂亮！」小少尉說。

我很不高興，我最討厭美國人這樣對我說話了，好輕挑。我擺出了難看的臉色。小少尉也很機靈，看出了我的不開心，馬上跟我說他不應該這樣說話，他初來乍到聽同袍說中國女孩都喜歡聽到外國人說她們漂亮，所以他才想試看看，沒想到一試就碰了釘子，他也覺得對一個不相識的女孩這樣說話很不得體，因此鄭重道歉。

隔了兩天，小少尉又出現了。這次的他不僅噴嚏連連，還不斷地擤鼻涕，眼睛也充滿了血絲，並泛著淚光。「我想你是真的感冒了……」我有點內疚的說。

然後，他就開始了對我的追求，原本小少尉湯瑪士是駐紮在印度境內的，但因為我的關係，他千方百計的把自己調到昆明，三個月後，小少尉湯瑪士和我的愛苗就在戰火下被點燃了。

湯瑪士黃金般的頭髮，總會在陽光下閃閃發亮，還有高又窄挺的鼻子，薄薄的嘴唇，就像外國畫報上的電影明星一樣。當他第一次吻我的時候，我內心狂喜，覺得自己的運氣也太好了，竟然被這樣的一個美男子親吻著。

我問他：「長的這麼帥為什麼要來開飛機而不去做電影明星？」

他露出迷人的眼神說：「我如果當電影明星就遇不到妳了……」明知道他說謊，但我還是很開心。湯瑪士不喜歡叫我的英文名字 *Lido*，他說「歡笑」才像我，因為每當我歡笑的時候，鼻頭都會皺成圓圓的，湯瑪士愛極了我的圓鼻頭，不管開心不開心，只要一見到我就會捏我的鼻頭，他說捏我圓圓軟軟的鼻頭總能讓他心情變好。「歡笑，我明天要出任務喔……」湯瑪士捏捏我的鼻頭說。每次對湯瑪士的憂心都會因為他這樣的捏我鼻子而煙消雲散，他是那麼真心的愛著我。

湯瑪士沒任務的時候，我總會帶著他在昆明到處玩，騎著單車穿梭小巷，我希望他認識我成長的地方，他也總會形容他家鄉廣大的農場讓我想像。他說，若是騎「單車」這樣的交通工具在他父親的農場逛一圈，大概可以從日出騎到日落。當時的我也曾幻想著跟湯瑪士一起出現在那樣廣大無邊的農場。湯瑪士最喜歡到西山附近的花鳥市場逛街了，他總說，這裡一家店的鳥兒比他們一州的種類還多；一家花店裡的花朵也要比他們一個公園裡的更繽紛燦爛。

不過，最吸引湯瑪士的還是市場東門邊的那個炸豆腐干小攤。湯瑪士說他從沒想過地球上會有這麼單純這麼好吃的食物。他說甚至可以為了這個老先生的炸豆腐干而放棄德州牛排。有意思的是，一開始湯瑪士根本不知道這豆腐干是黃豆做的，他遺憾地說他的家鄉出產很多黃豆，但卻連一片豆腐干也沒有，真的太可惜了。老先生告訴湯瑪士說，他的豆腐干都是自己做的，挑黃豆有秘訣，用的水也有秘訣，醬豆腐干的五香調料更是獨門配方，就連炸豆腐干的油、火候每一樣都是他七十年來累積的真功夫，一個二十五歲的毛頭小子不會懂得的。不過老先生倒是特別高興這個洋人竟然懂得欣賞他的家常菜色，所以每次都會多送湯瑪士一片。老先生總會提醒我說：「這小年輕是來幫咱們的，我們得讓人家吃飽喝足，妳得好好照顧他。」

當時全街坊鄰居都用著羨慕的眼光看著我和湯瑪士的恩愛，這也讓很多大叔大嬸帶上自己家的孩子來找爺爺，希望爺爺能開班授課教大夥兒洋文。只可惜爺爺實在年紀過大所以一一婉拒，但「登門求教」這事兒也著實讓爺爺小小的驕傲了一下。

我和湯瑪士訂婚的那天，門坊裡熱鬧了一整天，幾乎所有的親朋好友都到了，湯瑪士駝峰隊的長官和同袍也來了好幾位。

開席前爺爺還特別用英文致詞，爺爺說：「當我第一次見到湯瑪士這小夥子時我就問他『你長的這麼俊怎麼沒去演電影呢？』小夥子回答我『如果我去當了電影明星，不就遇不到您聰慧美麗的孫女了嗎？』你們看看這小夥子有多油，一開始就沒安好心眼啊……」大夥兒都被逗得哈哈大笑。

湯瑪士的上校長官羅柏特，也特別站起來指著自己制服上的中美國旗說：「*Lido* 與 *Thomas* 的結合，才真是中美一家親呢！大家乾杯！」

那頓飯爺爺開心極了，因為只要他為上校翻譯一次，就贏得一次親友的熱烈掌聲，大夥兒都覺得爺爺棒透了，應該去當外交官才對，當然，爺爺那夜也喝得特別醉，並且酒後吐的全是洋文。

和湯瑪士訂婚不滿三天，他就出任務去了。

「歡笑，我明天要出任務喔……」湯瑪士捏捏我的鼻頭說。這一次我突然覺得鼻酸，我看得出湯瑪士眼中的不捨，但我還是笑了，彷彿知道那是我們兩個最後一次的互相凝視。

那日一別成永別，湯瑪士的運輸機墜落喜瑪拉雅山區，再也沒有回到我身邊。

那時的我是怎麼活過來的，已經不記得了。只記得我在醫院上班時，聽到的每句話都是用「*I'm sorry*」開頭的。我的心好痛苦，外表也不再美麗，全昆明的人都在我背後竊竊的可憐著我。就連爺爺也不敢跟我多說甚麼，甚至一句英語也不敢說，只是「歡笑啊、歡笑啊……」的看著我嘆氣，我心中不再有歡笑，臉上也擠不出絲毫。

我並沒有因為抗戰勝利的這個消息而得到解救，因為我知道只要飛虎隊一走，駝峰隊一走，我將和心愛的湯瑪士愈離愈遠。

湯瑪士筆挺的制服始終被壓在我衣櫃的底層，即使後來我嫁了別人，它也一直隨著我在昆明居住著，那兩面中美國旗和 *CBI* 臂章，不僅代表著駝峰隊的驕傲與勝利，更記憶著小少尉湯瑪士永遠不老的青春模樣。

直到今天我已經九十二歲了，只要我抬頭仰望青天，依然可以感受到湯瑪士用著他深情的雙眼凝視著我，就在我露出笑容的那一刻，他捏我圓圓的鼻頭說，歡笑啊，我明天要出任務喔，就站在那比雲還高的雪山之上。

我愛電車

香港島·電車道

每天夜裡十二點，少年阿志就會閉上眼，讓腦海浮現出那輛編號300的綠色電車，緩緩地從屈地街車廠駛出，電車上只有車長獨自一人，行駛在人潮已經散去的街道上，哪裡有需要，這輛綠色電車就開到哪裡去，彷彿在夜裡保護高譚市的蝙蝠俠一樣。只是，身著貼身黑衣的蝙蝠俠安靜地在城市裡來無影去無蹤，而這輛編號300的電車不僅只能貼地而行，經過鐵軌接駁的位置時，還會突然擺動，發出轟隆兩聲。這是一輛只在深夜出動，專門修理天線和路軌的維修電車。

少年阿志，從小喜歡電車到一種常人無法理解的地步。阿爸說他是「迷戀」，阿媽說根本就是「沉淪」，兩人評語的差別在於，阿志的爸爸是電車公司的木工，多少可以理解兒子為什麼那麼酷愛電車。

阿志對電車從一九〇四年以來的歷史瞭若指掌，從單軌到雙軌，單層到雙層、直流電機到交流電機、柚木到鋁合金、*TIS* 系統到 *RFID* 無線射頻、所有車款、三十公里的路線、甚至已經被淘汰的拖卡式電車，阿志無所不知。他甚至還繪製自己的私人電車地圖，地圖上清楚的標示站與站間的距離、所需時間、上下人流等等細節。最令阿志爸爸驚訝的是，阿志也製做了一個電車控制屏幕。阿志抄襲了電車公司實際操作的方式：每輛電車都是一個球體，球體上方是電車的目的地，下方是出發地點的顏色，筲箕灣是紫色，北角是藍色，西環是紅色，於是由東到西排列起來就像一道彩虹一樣，漂亮極了。只是阿志有自己的路程表，哪一輛車、幾點發、幾點收工、是回到西廠屈地街還是東廠西灣河，全都看阿志的心情來安排。

「我只不過帶他參觀過一次公司裡的控制室而已……」阿志的爸爸有點不解的說。阿志爸爸本來想當電車長的，但因為手不夠靈巧，眼不夠犀利，所以只好放棄。他清楚的記一九九六年的元旦那天，17號電車因為車頭電箱過熱起火，車長不得不跳車逃生卻不幸被逆行線的電車撞倒，而原本這輛著火的電車在沒有駕駛的狀況之下繼續行駛在電車道上，直到另一名電車長跳上這部電車才將它停了下來。那時全香港人都嚇壞了，但也讚嘆後來跳上車的司機的勇敢與機智。阿志的爸爸自認沒有那樣的能耐來處理那種緊急狀況，所以報考了主要以維修為主的木工。

電車公司的木工招考只有一道題目，就是給應徵著兩條木頭，製做一個木榫，然後觀察成品是否切合直角，木件有無爆裂。阿志的爸爸做的很好，而且這一做就是二十年。雖然順應著時代的腳步，二〇〇一年開始電車車隊出現了第七代鋁合金電車，但是柚木電車還是香港人和國外遊客的最愛，「雙層、柚木」這是屬於香港人的集體記憶，也是香港第一個路上集體運輸系統，在文化與情感的連結上是其他任何形態的交通工具所無法取代的。也因此，阿志爸爸在電車公司仍然被強烈的需要著；其實，柚木電車的維修也並非一般人想的那麼簡單。撞斷的木架，要接回來；樑柱如果有一部分發霉腐壞，而兩端卻仍然漂亮完好，木工也會將柱子打斜切開，然後另取木件接榫進去，所有的門窗全部入榫，不用一根釘子，現在已經沒有人願意花這樣的工夫來做一件器物，更不用說是一輛電車了。並且，現實考量之下，現在的柚木已是鋁合金的二十倍價格，所以接下來應該就是鋁合金電車的世代了。不過，阿志雖然年紀小，但真正令他感興趣的並不是新一代的鋁合金電車，而是編號120仿戰後第四代電車，這部電車的上層座椅甚至還是籐編的。

只要是不上課的日子，阿志就會花一整天的時間坐在電車裡，從最早一班車，到末班車；從筲箕灣，到銅鑼灣；從跑馬地，到堅尼地。他樂此不疲的站在車長後仔細看著車長們駕駛時的每一個細節，他知道駕駛電車其實是很不容易的，除了要熟練的操控之外，還得隨時注意行駛周圍所發生的任何狀況。話說一九一〇年電車運作初期，很多行人不知道電車必須依照軌道行走，覺得為什麼電車都不避開行人，也不懂得聽到叮叮叮就應該快閃，也就無可避免的發生了些意外。有趣的是，當時的苦力們發覺把兩輪手推車推上軌道會比在凹凸不平的路面要輕鬆快速的多，因此經常佔用電車道，讓電車長傷透了腦筋。

幾年的終點站乘客角色，阿志也認識了清潔車廂的工人，還跟他們做了朋友。所以阿志知道每天被遺留在車上的垃圾或遺失物品的種類有多麼的奇怪，像是幾十吋大可以帶去歐洲旅行幾個月的行李箱、一大箱燕窩、甚至還有大閘蟹，直到發臭都沒人來領。甚至投幣箱裡的小東西也很可觀，鐵片、電池、錶蓋、金幣巧克力、甚至真的小金幣、金項鍊、耳環都曾經出現過，至於那些跟一塊錢差不多大的圓形物體更是不勝枚舉。阿志將這些東西一一記錄，做成報告，一個月一本。他說，從大家遺留下的物件多少可以看出這個社會的變化，像是自從電車也可以使用八達通之後，投幣箱的奇怪小玩意兒就少了很多。

當然，「會開電車」是阿志癡迷電車的終極目標。他上網看盡所有的電車教學指南，也明白了為什麼電車是最難開的車。的確，早期的電車確實很不好操控，甚至，被形容是一種「香港功夫」，一種以慢打快、以靜制動、需要「手靈、眼利」的人才能順利完成這件看似尋常的任務。舊式的操控把手有八個刻度，用力太猛，過了標示，用力不夠，銅片不能接電，因此要懂得用力收力，精準的停在某一個點上，並且還得左手拉速度控制器，右手拉剎車，這就是所謂的手靈。關於眼利，就更是得靠經驗和臨場反應了。由於電車軌道處於中線，因此看照後鏡的方式跟其他車輛不同，同時又必需遠遠的就要看到正在月台等待的乘客，要注意乘客是否注意到電車準備進站，有沒有人突然衝到軌道上，有沒有其他汽車佔用軌道，有沒有手推車突然衝出，甚至有時連正在過路人的心理都要揣測一下，免得發生意外。阿志喜歡這樣的「香港電車佬功夫」，他很堅持，他相信他一定可以學會。不過，新式電車的運作確實是要比以前順暢多了，並且剎車也好剎了，不像以前遇到雨天，明明拉了剎車，車子還是會偷偷的往前滑一點。

十五歲的生日那天，阿志終於忍受不住決定試一下自己的身手。夜更之後，他偷了停駛在屈地街電車廠的第七代鋁合金電車，將車開離車站一百公尺處，然後停在路上，他跳車逃跑，成功了。這是他送給自己的生日禮物，他開心極了。

第二次，他用一樣的方法，選了一樣的電車，也是在半夜十二點之後，這次他讓車多走了更遠一點，三百公尺，他又成功了。

第三次，他故技重施，但卻在棄車逃跑前被逮到了。原因是，前兩次的車廂是空的，而這次，他從跑馬地總站出發，載了三名乘客。

警局裡的阿志仍然難掩心中的興奮，他雙眼散發光芒，想像著自己是多年前那輛「午夜電車」的車長，正載著從利舞台午夜場散去，準備到西塘嘴尋歡的公子哥兒們……。阿志告訴警察，他實在是太愛電車了，難道愛上電車也有罪嗎？

散發紫光的波多美酒

Tower Clerigos, Proto

波多全城的人都嚇壞了。

教士塔鐘樓昨夜竟然發散出紫色的光芒來。距離上一次發生這樣的事情，已經有二百年了。

所有的電視新聞和報紙都用了最大的篇幅來報導這件事情，畢竟這件事攸關波多全體居民的未來，所以不得不慎重。波多市長也決定召集所有的釀酒商一起坐下商討因應之策。

聖本圖火車站的站長最有效率，第一時間就做了緊急處置，要求站務員小心進站出站的各級列車。特別是對於那些不買票就上車的當地居民，必須認真查緝。同時間，站長也找了一家老字號磁磚廠，請了廠裡的老畫家到車站大廳，看看他能對大廳裡那幾萬片藍色手繪磁磚有甚麼預先防範的建議。

高齡八十但是仍然在磁磚廠一筆一筆作畫的老先生荷西，拿下了他厚重的老花眼鏡非常緩慢地說：「這些磁磚太美了，肯定會受到波及的，要不我們先用一層厚油紙把他們都先貼上？」

「那……那些專程前來的遊客怎麼辦？」站務員拿下了帽子，搔著光了一半的頭說。連老先生荷西帶來的小徒弟也不斷的點著頭，表示對站務員所說的話心有戚戚。這個聖本圖車站每天的遊客量上萬，但幾乎都不是來搭火車的，而是來看大廳裡這幾萬片的手繪磁磚。這個火車站的外型有著法國文藝復興時期的調子，車站大廳裡那兩萬片「色白花青」的磁磚壁面更是一項藝術傑作。那是一九三〇年，當時所謂的新藝術家喬治．拉索的作品。

喬治．拉索不僅把葡萄牙王室的生活繪製在牆面上，更重要的，這個作品也把葡萄牙的交通史以繪畫敘述的手法輕鬆的表達出來。喬治．拉索選擇了恩里克王子帶著葡萄牙海軍奪取北非城市修達（*Ceuta*）的偉大功績為主題，讓民眾不僅能記念這位出生於波多的王子，更重要的是這位恩里克王子是開拓葡萄牙航海大業最重要的人物。

老藝術家荷西也緩緩的脫下了他的帽子，露出滿頭白髮說，那道紫光出現之後，難保這大片藍色磁磚牆面的顏色不會改變，現在若不做些甚麼預防，怕將來是要後悔的啊。這些藍色磁磚壁畫每天安靜地在火車站大廳內，近距離的向擁有藍色航海夢想的葡萄牙人致敬，千萬得好好的守護著，若顏色變了，航海的夢想也會改變，這絕對不是喬治．拉索所能允許的。

於是老荷西帶著小徒弟想出了幾個方案來保護這已經成為葡萄牙建築風格的「*Azulejos*」。其中之一竟然是在教士塔鐘樓的紫色光芒未消失前的每個晚上，小徒弟都得守在車站大廳注意藍色磁磚的任何變化。老荷西跟小徒弟說，這是小徒弟學習的好機會，不僅可以在夜裡空無一人的大廳裡臨摹，也要盡可能的用肉眼好好觀察月光下藍色線條的變幻。為了不影響白天遊客的興致，聖本圖火車站站長選擇了這個建議。

多羅河的另一邊，市長跟釀酒商的會議也激烈的進行著。

波多這個城市就是靠著「波多酒」在世界聞名的，所以對於這條命脈大家都格外的慎重，深怕做了錯誤的決策而後悔莫及。

「那是二百年前的傳說了，我們現在真的還要擔心嗎？」其中一家說。這家酒公司的產品行銷全世界，披著大斗篷人物的商標也深深被愛酒人士所喜愛。

「不小心不行的，我不能冒著酒色變成紫色的風險，那會毀了我公司百年的信譽。」這家波多酒公司的老闆一聽到教士塔鐘樓的紫色光芒出現之後，他就已經下令所有的窗戶、大小門都保持緊閉，不能讓任何奇怪的東西進到酒廠。

「要暫停釀酒廠的參觀活動嗎？損失也不小喔……」又有一家釀酒廠舉手發言。

這真是一件兩難的事。傳說，二百年前那次教士塔鐘樓的紫色光芒出現之後，不僅波多鎮上所有的酒都因為染上了紫光而失去原有的琥珀色，連味道都散發出一股金屬味，全鎮所有的波多酒因此無法出口，也沒人敢喝，迫不得已只有全部銷毀。最恐怖的是，鎮上排名前十的調酒師們在紫光出現的第八天，全都不約而同的有了紫色的眼珠子，像怪物一樣，沒一個敢出門，就怕嚇了附近小孩。

當時教士塔鐘樓的紫色光芒又是如何消失的呢？大家紛紛的討論著。只可惜粗心大意的傳說竟然沒有記載這一段，市長說。

「市長能為我們做些甚麼呢？能夠先暫時的把教士塔鐘樓封住嗎？」有人問了。封住教士塔鐘樓就像讓里斯本的28號電車停駛一樣，會令全城居民以及全世界的遊客都哀傷的，市長知道，說出這話的酒商老闆也知道。但總要有點犧牲吧，就觀光產值來說，封住教士塔鐘樓比關酒廠的損失要小多了，雖說教士塔鐘樓的歷史意義要比這城市的每樣建築都來得深遠。

問題是，封住教士塔鐘樓有用嗎？紫色的光已經照遍整個波多了。市長傷透了腦筋，覺得自己倒楣極了，二百年一次的事也能讓他遇上。此刻不管他做那個決定，都會有人不滿意的。自己的政治生涯估計也就到此為止了吧，市長決定就在今晚要把珍藏許久的四十年 *Tawny* 全部喝光，甜甜一醉解千愁。

夜幕降臨，小徒弟照著吩咐在聖本圖火車站的大廳裡守夜，他仰頭認真凝視著微弱光線下的葡萄牙海軍與修達人的海戰畫面。這不僅是壁畫，這是史詩，小徒弟許願，希望自己有生之年也能為波多城留下這樣的作品。小徒弟走到大廳西側通道細細觀賞另一大片磁磚畫，那是幾個村婦排隊汲水的畫面，她們頭上包裹著頭巾，手持水壺神態自若，其中一名婦女側著頭回望，小徒弟覺得好奇妙，這個女人真是面熟，為什麼以前從來沒發現呢？她到底是誰？

就在教士塔鐘樓發出紫色光芒的前一天黃昏，小徒弟牽著他的小女朋友貝拉爬上了鐘樓的頂端，氣喘吁吁的小徒弟在太陽從波多城落下的那一刻，給了貝拉深情的一吻。

「我願意用波多城的一切美好來換這一刻……我盼望從今天起的每個夜裡都能看到妳明亮的雙眼……」小徒弟用著最純潔的心對著天地祈禱。

小徒弟終於想起來了，他回到磁磚畫的那個女人面前，他說：「貝拉，妳是20年後的貝拉！」小徒弟抬起頭來，眼睛閃爍出紫色的光芒。

掃一掃，看看小徒弟和教士塔鐘樓

越南·順化

不要壓我

順化人說，最令他們驕傲的不是千年古城這個盛名，而是 *Pham Ngu Lao* 和 *Vo Thi Sau* 這兩條街交口的這家甘蔗汁「*Nam*」。

如果像沖咖啡比賽一樣也有「鮮榨甘蔗汁」比賽的話，*Nam* 老闆一定可以得全國第一。他不僅壓功一流，最厲害的是他家的甘蔗汁色澤看起來像加了牛奶一樣，但在入口的時候卻又像冰涼生啤酒那般的爽口，而且一大杯的價錢只要美金五分。想像在四十度陽光下曝曬了一天之後，喝下這清甜冰涼甘蔗汁的滋味……噢，*Nam*老闆攤子前的手繪廣告，就是這樣的圖案：比人臉還大的太陽，光芒四射照在黝黑肌膚的年輕男子臉上，男子汗流滿面卻露出燦爛的笑容和潔白的牙齒，因為他手上正拿著一杯 *Nam* 甘蔗汁，準備入口。

*Nam*老闆的樣子跟他廣告上畫的男人差不多，黑黑瘦瘦的，只是常年抽菸的結果讓他擁有的只是兩排黃板牙，可能也是牙齒的關係，*Nam*老闆的話很少，他的名言是：壓甘蔗又不用嘴，說那麼多幹嘛。

相反地，*Nam*老闆的媽媽在說話上可就一點時間都不浪費了，她不僅話多，速度還快，曾經有人幫她算過，當她罵人的時候，一分鐘可以說出三百八十六個字，是正常人速度的三點一倍。有人問她是因為舌頭薄嗎？她回答說，是皺紋多。明明只有六十三歲的她，卻看起來像九十三歲的老太太，大家都說那是因為她搶著把未來三十年的話都說出來了，所以才會看起來這麼老。

跟這對母子一比，*Nam*老闆娘就平庸多了，沒甚麼特殊技能的她帶著五歲大的女兒在順化古城裡做古裝出租拍照的生意，但因為現在喜歡玩*Cosplay*的外國遊客很多，所以生意非常好。忙的時候顧不了女兒，她就把女兒放在北門「居仁由義」的牌匾下乘涼，女兒喜歡看著皇城門上的五鳳樓，看著看著就昏昏睡去，所以她很感謝佛祖，給了她一個特別好哄的女兒。

不過，艷陽天下當然沒有完美的事情，女兒雖然乖巧，但是在言語上卻有點不對勁兒。她從小只會咿咿呀呀，發不出其他的聲音，連最基本的爸爸媽媽都發不出，完全違反了人類發音的規則。有人說曾經看到小女孩喝護城河金水池的水，所以才發不出其他的聲音；也有人說因為小女孩為了陪遊客拍照曾經從六米城牆摔下，雖然腦子沒跌破但卻傷了說話的那個部份。不過當小女孩四歲半說出完整的一句話的時候，這些謠言都不攻自破了。

她的第一句話是這樣說出來的：

在順化這裡，遊客一定會拜訪的地方就是北邊的老城了。這個老城又分為內外城，外城牆高六米，有護城河，是當年阮氏王朝仿北京紫禁城建立的皇城。既然仿的是紫禁城，就當然也有太和殿了。阮氏的這個太和殿是用八十根大木柱所撐起，頂上還有金漆雲龍浮雕，也是一所華麗的殿堂。那天，*Nam*老闆娘讓小女孩穿上古裝好吸引遊客拍照，小女孩開心的格格笑，因為這是媽媽第一次讓她穿上這身漂亮的衣服。穿上古裝的她還真有點小公主的樣子，她在太和殿前歡喜地奔跑，跑著跑著一不小心撞上了一位正在參觀的法國老爺爺，老爺爺擔心地彎下身看小女孩希望她沒有受傷，並且馬上把小女孩帶去給Nam老闆娘，因為那天Nam老闆娘也穿上了皇后的衣裳來吸引遊客，所以一看就知道她們是母女。小女孩沒有甚麼痛苦的表情，只是滿身大汗，畢竟在三十幾度的高溫，穿著不透氣的公主裝真的不是件舒服的事。Nam老闆娘從水壺倒了一杯甘蔗汁出來讓小女孩喝，法國老爺爺看小女孩喝著沒事就拍拍小女孩的頭，結果小女孩說話了：「不要壓我！」媽媽沒聽懂，老爺爺更聽不懂。

法國老爺爺又拍了小女孩的頭，小女孩又說：「不要壓我！」

這回媽媽聽清楚了，只是媽媽不相信女兒竟說出了一句完整的、有意義的話。她不知該如何反應，於是也像老爺爺一樣的拍了拍女兒的頭，「不要壓我！」這回說完話的小女孩，竟然緩緩地從她黑白分明的大眼睛流下了眼淚……*Nam*老闆娘馬上抱著女孩說：「不壓、不壓……」

從那天之後，小女孩不再只是咿咿呀呀地說話，她高興的時候只會說「不要壓我！」哭的時候也只會說「不要壓我！」這讓*Nam*老闆非常痛苦，根本不敢把女兒放在身邊壓甘蔗。

不過，*Nam*甘蔗汁的生意還是好的不得了，這讓其他的甘蔗汁老闆都很忌妒，大家都想找出*Nam*甘蔗好喝的祕密，但是*Nam*老闆絕不在人前壓甘蔗，當然也不傳授甘蔗壓法給外家子弟。*Nam*老闆說，古時候厲害的中藥店師傅都是這樣的，自己偷偷的調配秘方，才不可能讓外家子弟知道那致勝的黃金比例。所以他寧可自己壓到手脫臼，累垮了休攤三天，也不請外人來幫忙壓甘蔗。

去年順化市長公開表示，為了振興順化的旅遊業，請大家公佈所有的祖傳秘方，好讓順化所有的小吃都好吃，不可自私自利的只顧自己生意。

火車站旁榕樹下的古早味*Pho Bo*，大方的率先響應，交出了密傳三代的好吃生牛肉河粉食譜，*Pho Bo* 爺爺說，這是大家的智慧，不是他們家的，因為每一個來吃的客人都曾經給他們建議，因此為了順化的未來，他願意。但他也特別說明，這食譜只能在順化人手上，千萬不可流到河內或者胡志明市，特別是河內，因為河內的生牛肉河粉已經夠好吃了，不可做錦上添花的事。

每天大排長龍的老城鮮蝦捲之王看到了 *Pho Bo* 爺爺的犧牲小我，也含淚送上了那法國人曾經出重金也買不到的花生粉做法。鮮蝦捲之王從來不買現成的花生粉，他們不僅自己磨花生，還種花生。更因為他們是把花生跟其他的鮮花混雜種在同一座花園，所以每粒花生雖不飽滿都帶有花香，這種芬芳特殊的花生當然外面找不到。不過，大家都以為他們家鮮蝦捲好吃是因為醬料中的花生粉，這只是其一，更不為人知的是，醬料中的魚露，那才是最神妙之處。只是鮮蝦捲之王偷留了一手，沒交出這部分的秘方，所以現在仍是個謎。

在全順化的小吃都為了發觀光財而盡一份心力的時候，唯獨這*Nam*甘蔗汁說什麼也不讓人知道甘蔗要如何壓，以及為什麼甘蔗汁的顏色會像牛奶，但喝起來卻異常的清甜爽快，甚至喝了之後會出現那種〈好像在度假一般〉的愉悅感。

所以大家都說小氣的*Nam*老闆生了一個高興的時候只會說「不要壓

我！」哭的時候也只會說「不要壓我！」的女兒，是一種成為甘蔗汁大王的報應！

U Fleku 13°

Castle, Cesky Krumlov

一個十年前的約定，這兩天就會知道他們兩個誰是真的在乎這段感情的那個人了。兩個人因為喜歡電影 *Before Sunrise*〈愛在黎明破曉時〉，因此在那年分開的時候也如法泡製一下，看看是否也能在浪漫相遇之後的十年，再續前緣。

莎麗和大衛的相遇是在這個美的像童話故事的庫倫洛夫場景裡，這個小鎮是那年莎麗大學畢業後嘗試「壯遊」的第21個小鎮，也是她覺得最精緻最美的小鎮。那時莎麗沒有選擇跟男友一起走那條比較有名的朝聖之路*El Camino de Santiago*，反而用世界文化遺產的幾個城鎮作為旅行的聯結點，她說要有自己的朝聖之路。一路上她住青年旅館，住*B&B*，不結伴，用最簡單的方式一個人旅行。因為她知道，如果和男友發展順利的話，很快他們就會同居或結婚，她就不會有屬於「自己一個人」的生活了；至少現在旅行時的一個人，是她最想要也珍惜的。只不過，持續幾個月的一個人旅行，卻在庫倫洛夫這個童話般的小鎮畫上了頓點，就讓她碰上了〈愛在黎明破曉時〉的那種電影情節，在一個美妙的時刻碰上了一個對味的男人，只是這個男人是為了另一個女人而來到這裡的。

庫倫洛夫建於十三世紀，小鎮被伏爾塔瓦河的U形河套分隔成兩個部份，河套中央是被河流圍成圓形的舊城區，有教堂、美術館、博物館以及聚集各種商店、旅館、餐廳的舊城廣場，廣場邊的房子幾乎都是歌德風格，有很多木造房改成了石造房，加上外觀顏色的活潑多彩，讓這一區感覺有波西米亞式的浪漫。

莎麗一進舊城就因禍得福遇到了一件好事。住宿的旅館把她的訂單搞錯，為了賠償她，竟給了她幾乎是這鎮上景觀最好的一個房間，房間雖然不大，但是位於小鎮最佳取景的景觀台高處，所以那扇窗看出去的風景，迷人至極，不僅可以看到一段正在轉彎的伏爾塔瓦河，還可以看到小鎮的地標彩繪塔 *Castle Tower*。莎麗興奮地覺得可以在這窗邊待上一整天，然後配著這個風景吃三餐就夠滿足了。事實上她也真的這樣做了，她每隔一個鐘頭就為這個窗景拍一張照片，她堅持了一天，拍了二十四張不同光影的彩繪塔，「最喜歡清晨六點有薄霧籠罩並透著初生陽光的那個瞬間了」，莎麗在旅行日誌上這樣寫著。同時，莎麗也在小房間內熟讀了這個小鎮的歷史，沒想到這個童話小鎮，也有這麼悲傷的過去……當她看到二次大戰後，小鎮上所有的德裔居民都被驅逐出境的時候，她輕輕的嘆息著。寧靜的二十四小時後，莎麗終於甘願走出去探訪這個小鎮了。

先喝一杯啤酒好了，莎麗在拉賽尼基橋邊找了一家小店，坐在店門口可以曬得到太陽的位置上，也正好可以觀看來往的人潮。十月的庫倫洛夫氣候正好，十幾度的涼意裡可以感受到陽光的溫暖。莎麗看著酒單上一排啤酒，不知該點甚麼好。

「*U Fleku 13°*！如果我是妳的話，沒有第二選擇……」莎麗轉頭尋找說這話的人。莎麗的樣子當然不如茱莉蝶兒，但是獨立聰慧的那一面，卻也不輸〈愛在黎明破曉時〉的女主角。他應該是在搭訕吧，但看著這男人樣子挺好看的，就不要太冷酷的拒人千里之外吧，並且也只是接受建議喝杯啤酒而已呀，莎麗心想。於是莎麗點了這杯 *U Fleku 13°*，啤酒上桌的時候，男人也走到桌邊，因為刺眼陽光的關係，莎麗抬起頭瞇著眼，對著男人點了點頭，示意他可以移到這個小桌來。

「*U Fleku* 是布拉格最老字號的啤酒館了，他們從一四九九年起釀這個13度的黑啤酒的方法就沒變過，所以真的值得一試。」男人一付很自信莎麗會喜歡這啤酒的樣子，「以及，我是大衛，妳好！」

「你好，我是莎麗，你又怎麼知道我沒喝過這種啤酒呢？」莎麗喝了一大口後才發現這啤酒的酒精濃度好像不能這樣入口，她皺了眉頭，苦味十足啊，然後抿了抿嘴。

「猜的囉，這世界上百分之九十九的人沒喝過這啤酒的，因為正常來說，這啤酒只在布拉格的 *U Fleku* 老店才喝的到，這家店很厲害，不知道他們是怎麼弄來這啤酒的。」

空氣涼涼的，但陽光很好，空著肚子的莎麗，覺得一口啤酒就要暈了。但她還是很仔細的觀察了大衛，應該三十歲左右吧，下午三點了鬍渣還是很乾淨，像是才刮過一樣，而且穿的是和身的白色襯衫，一點都不休閒，比較像是要準備開會的人，若不是牛仔褲，莎麗還會真的以為放下酒杯就得跟他聊點甚麼正經事呢。

「你一定不是來這裡旅行的。」莎麗直接說出了她的觀察。

「呵，不能說妳說的是錯的，我呢，也是第一次到這裡來，我的心情是旅行，但卻有另一個更重要的目的，我告訴妳後，妳可不要站起來就走人喔……就是，我是來拍婚紗的」大衛說這話的表情似乎無奈多過欣喜。因此莎麗雖然心頭震了一下，並且沒發聲的說出了「搞什麼啊」，但還是穩穩的坐著。

「那還來搭訕我……」莎麗猛地喝了一大口13度的黑啤酒，她想打嗝，但忍住了。算自己想多了，莎麗覺得自己跟大衛其實也沒兩樣，也是很享受這個被搭訕的瞬間。

「其實啊，很奇妙，拍婚紗選地點這些都是我女朋友的主意，我想，身為一個好男人就是滿足另一半呀，所以即使我沒來過這裡，但她說好就好。所以我呢，就想早她一天過來看看這小鎮到底有甚麼魅力，因為我和她大可以在布拉格的天文鐘下來個世人羨慕的深情一吻的。結果從中午到現在，這裡第一眼讓我感興趣的竟然是……」大衛沒有繼續說下去，他抬頭看著一百公尺前拉賽尼基橋上的修士塑像，修士頭上的光環有六顆金星環繞著。對一個人的愛能不能像那幾顆星星一樣的轉個不停沒有所謂的終點呢？如果我是那麼的深愛著即將與我步入教堂的她，那麼此刻為什麼我會對這個陌生女子心動呢？討厭愛情的無所不在，大衛想著，又露出了無奈的神情。

莎麗呢？面對這樣的尷尬，她又是怎麼想的呢？難道這就是行為經濟學理所謂的「享樂適應」嗎？人們對美好的事物以及它帶來的正面感受會隨著時間而逐漸適應習慣。所以，在這個時刻，大衛是完勝與自己交往了三年的男友的。莎麗對大衛還不到喜歡，但她就是對這樣的情緒特別感興趣，陌生、好奇、若有似無，她知道只要他們之一露出一點小缺口，只要一個瞬間，一點點的火花，那麼彼此之間的愛意就會破土而出了。這趟一個人的旅行，一路上讓莎麗寂寞但獨立堅強；但是此刻對大衛搭訕的回應卻讓她感受溫暖，也突然想起了自己的性別，再怎麼有自信，還是個需要愛的女人啊。

兩個人無言的看著對方，莎麗正努力的想著自己要一個人繼續旅程，大衛則強迫大腦趕快尋找未婚妻的可愛模樣。

大衛投降了，他不想再強迫自己理性的思考這個相遇了，他站了起來，伸出手來，非常誠心的邀請了莎麗：「走吧，我們一起去逛逛這個小鎮吧，陪我去找出這裡最有魅力的角落來。」

然後，這兩個人就像 *Before Sunrise*〈愛在黎明破曉時〉的伊森霍克和茱莉蝶兒一樣，就在庫倫洛夫的城堡裡開始天南地北的說著世界大事，也說出了彼此的細小夢想。他們走到15號畫家之屋時，莎麗告訴大衛，希望自己也能用石頭蓋出一棟這樣房子，有著圓形拱門。在59號騎士之屋前，大衛說自己的血液裡一定有所謂的騎士之愛，因為他非常想給莎麗一吻，但是他卻可以忍住，莎麗開心的哈哈大笑。

天黑之前，莎麗其實就已經沒來由的愛上大衛了。但是兩人也都知道，這種愛情像夏天午後陣雨，來得急也去得快。天黑之後的庫倫洛夫氣溫只有十度，大衛說他從小怕冷於是兩人窩進了溫暖的小餐館裡吃飯。直到打烊兩人依然欲罷不能，不肯回到各自的旅店。大衛請莎麗相信他的「騎士之愛」，所以跟莎麗回到她那個有著庫倫洛夫絕佳風景的小房間裡。兩人看著彩繪塔在夜裡散發出的光芒，強忍著睡意，大衛說，很難想像明天太陽升起時又會是個全新的一天，自己的人生將步入下一個階段。莎麗說，不知道有多少人曾經住過這個房間，看著同樣的美景，但相信應該沒有人有著她此刻的心情。

「你說，我們兩個是不是過份浪漫了？是電影的劇情一直影響著我們朝著這個方向走的嗎？」莎麗問。

「我倒希望一切跟電影一樣，那麼在天亮之前我們應該還要做愛才對……」大衛打了哈欠後開心的笑了，輕輕的流出了眼淚。

莎麗伸出手，抹去了大衛的淚滴，這是第一次莎麗跟大衛碰觸彼此。

「我們也來個約定吧，十年之後，無論如何，我們都在這裡見面，不管你生了幾個小孩，或者我在世界的哪個角落，我們都要在這裡出現！」莎麗很浪漫的說著，但還是忍不住的打了哈欠，實在是太睏了，今天真的好長啊。

「十年？不會吧，電影裡演的是一年後要相見的呢，是因為女主角沒出現，所以兩人才在十年後的巴黎相見的……」

「總要和電影不一樣吧？」

「沒做愛，也約的不是一年後，真不知有哪裡一樣……」大衛覺得很委屈。

陽光照進房間的時候，兩個人其實已經睡著了。所以誰也沒有看見那清晨的第一道陽光以及薄霧輕攏彩繪塔的那一刻。大衛先醒過來，洗了把臉，留下了「來找我」幾個字和一串數字後就離開了。離開時，大衛捨不得的回頭凝望，原來這個小鎮最迷人的角落是在這裡啊。

莎麗醒來時，已經是中午了，她覺得自己做了個很長的夢，但是這個夢卻讓她有種莫名的失落感，明明甚麼都沒有發生，既然沒有擁有過又怎麼會有失落的心情呢？她呆坐在窗前，卻看不進窗外的美景了。

一個十年前的約定，此刻就會知道他們兩個誰是真的在乎這段相遇的那個人了。莎麗和大衛因為喜歡電影 *Before Sunrise*〈愛在黎明破曉時〉，因此在那年分開的時候也如法泡製一下，看看是否也能在浪漫相遇之後的十年，再續前緣……。

掃一掃，十年後……

長春・中日友好樓

青山百合的一番寂寞ne

這座位在長春市平陽街上的中日友好樓，是一棟三層樓的建築，牆面粉色幾盡褪去，正在老去的狀態，就像住在裡面的中國養父母一樣。一九九零年日本笠貫尚章出資興建完成的時候，裡面有二十九位中國養父母，但今天，幾乎凋零的差不多了。「我們是經霜的花朵」，住在二樓的保家老奶奶總愛這麼說。

長春，是日本扶植偽滿洲國的首都，所以也是日本人在東北的大本營，一九四五年日本戰敗後，長春市一片混亂，大批日本軍因為必需從遼西的葫蘆島撤退，因此在各交通要道、難民營出現了超過五千名與家人走散或被丟棄的日本小孩，有男有女，最小的才剛出生，最大的已經十三歲了。

青山百合的養母，張氏，她的丈夫被日本人打死，卻讓她意外在日軍丟棄的垃圾堆中撿到一個日本小女孩。那天小女孩穿著有櫻桃圖案的小和服，臉上的眼淚、鼻涕和泥土髒做一團，埋汰的（骯髒的）根本看不清楚她的長像，當張氏將她的臉洗乾淨之後，發現小女孩跟自己一樣是個單眼皮，張氏將她摟在懷裡告訴她，以後我就是妳的媽媽了，那一年小女孩約莫兩歲半。

撿到青山百合的張氏，一開始隱瞞了這是個日本小女孩的事實，因為要在街坊鄰居的眼皮子底下扶養「敵對國」的孩子，不是件容易的事，張氏可以看淡一切的閒言閒語，畢竟什麼大風大浪都經歷過了，但是這孩子呢？她不希望百合從小就被欺負被另眼看待。

那時候，冒著風險毅然收養日本遺孤的大多數是底層百姓，很多人都沒有工作，死了丈夫的張氏也是。但因為有了百合之後，她知道不能再靠撿日本人留下的破爛過活，她變得積極努力，終於在滿州國皇宮博物館內找到了清潔工的工作，也因此可以讓百合每天乾乾淨淨的跟其他小孩一樣到學校上學。

百合說得一口東北話，個子長得細高，紮著兩條粗辮子，完全像個東北小姑娘，加上白淨的臉蛋，很受老師的喜歡。五年級的時候還曾經被長春電影公司相中拍攝教育宣導片，那時，整個街坊鄰居都認為她是電影明星了。

百合上中學的時候，張氏用三個月的工資買了一部二手自行車，有了這部車的母女，頓時好像也擁有了整個長春市。只要是放假的時候，即使是下著小雪，媽媽都會騎車帶著百合到處去玩，張氏似乎有預感，女兒在自己身邊的日子不會永遠，所以總是非常珍惜每一個時刻。春天柳絮開始飄揚的時候，兩個人最喜歡到淨月潭，只在湖邊順著柳樹散步，兩人就很開心；夏天的時候，就去動物園，雖然那時候的動物園其實是廢墟一片，但是媽媽總會告訴百合，這個動物園曾經是亞洲最大的，就好像長春市一樣，曾經是亞洲第一大都市，人口比東京還多，並且在日本人的規畫下，她的城市發展與街道佈局是參考巴黎的，「舒適、通透、大氣」是原本長春都市計畫的藍圖。

「日本人百般不好，但對這個城市曾經是有想法與建設的……」張氏從不明說，但她不希望百合和其他中國人一樣，從小仇視日本人，畢竟百合身上流的是日本的血液，總有一天她必須認祖歸宗的。

七零年代，中國和日本的關係開始正常化，日本人開始回東北找尋他們的小孩；一九八五年開始，很多知道自己身世的中國「日本棄民」也開始回日本尋根。

張氏終於告訴已經年過四十的百合，她們是怎麼成為母女的。百合安靜的聽著，但無法止住眼淚，她悲傷、氣憤、不相信、不願意……她抱住媽媽，放聲大哭，這個哭泣是給媽媽的，因為突然之間，媽媽就成了「養母」了，她不知該如何回報「養母」的大恩大德。

百合在媽媽的鼓勵之下回到日本找到親生父母，終於知道自己應該叫做青山百合，只是母親早已故去，父親也已癱瘓在床受國家照顧。

青山百合在橫濱中華街過著極端節儉的生活。每天幾近中午的時候，她都會到菜市場找那些因為一小點瑕疵而被店家丟棄的蔬菜水果，她覺得所有的食物都不應浪費，因為她經歷過缺糧食的日子，但這看在日本人的眼裡卻是個顏面掃地的事情。她單眼皮，但個子高，穿的樣子不日本，說的日文也帶著中國腔，根本就不像個日本人。她就這樣的過了二十一年，二十一年了，她被日本政府承認，卻沒有被日本鄰居接受。市場裡的人都以為她是非法移民到日本的中國婦女，沒有人願意跟她聊天做朋友，她自己住在一間小公寓裡，她說「一番寂寞ne」。

海的這一邊，張氏已經九十六歲，她很幸運地住進了長春市的中日友好樓。那時候日本歸國遺孤很照顧這些中國養父母，黑龍江方正縣和遼寧瀋陽甚至還有遺孤們捐資興建的中國養父母公墓和「感謝中國養父母記念碑」，每一個遺孤和養父母都有一段生死相依的故事在彼此心中，只能以此記念感謝大恩大德。

那日青山百合接到養母張氏的一通電話，百合提著一只行李就回到長春探望養母。

養母眼睛不好，老是流著眼淚和白白的眼液，見到青山百合的那一刻，養母張氏更是不住地用她滿是皺紋的雙手擦拭著已經快要看不到百合的雙眼。張氏對百合的那種渴望、想念跟悲傷已經不知如何宣洩。

青山百合拜訪鄰居，與大家敘舊，街坊張大娘拉著她的手久久不放，說是一家人，希望青山百合能回到長春。青山百合與老同學見面，說著熟悉的東北話，吃著她最愛的排骨燉豆角，回憶一起共渡的年少青春，青山百合的眼淚悄悄地流下。

青山百合特別帶養母上醫院看病，到醫院的路上，娘對青山百合說，再麻煩妳也就這一次了。上了醫院，百合也讓養母一併檢查了眼睛，果然是白內障，最好的方法就是開刀，養母拒絕了，她說，女兒不在身邊，看那麼清楚也沒用。

青山百合對養母的感激之情是無法說出口也還不清的，但因為她血液裡的因子，使得她不得不再次回到日本。她告訴養母，日本政府規定得很嚴格，她若是回到中國超過一定的天數，每月固定可領的福利金就會被扣。養母流著淚說：「錢有，錢沒有；人有，人也沒有。」張氏知道女兒在日本過的其實是很辛苦的，好不容易歸籍日本，卻被當成中國移民一樣的對待；但若要放棄日本籍重新成為東北人就跟當初申請日本籍一樣困難，並且不但拿不到日本國的補助，也無法再重新加入中國的保險等等。

那天中午青山百合要離開前，親手包了餃子，做了一桌子的菜，裡面當然有母親最喜歡的地三鮮。她看著東北黑土地長出的茄子、馬鈴薯和青椒，每個都長得這麼飽滿，這麼好，想到自己也曾經是這片土地餵大的，眼前又是一片模糊。

百合的餃子包得又快又好，也能自己擀皮、和餡，這些都是自小跟養母吃著吃著就會做的。一桌子的菜也沒有一樣不是養母手把著手教會她的。

養母吃了兩個餃子和幾片黃瓜後又開始擦眼淚，青山百合抱起娘回到炕上，那是娘唯一的活動空間。張氏對著牆說：「我相信，這回女兒一走，我一定活不久……」青山百合於是流著淚走了。

青山百合，今年六十三歲，亦滿臉皺紋，她說若有幸活到養母的九十六歲，應該會長的跟養母一模一樣吧。

內維亞河邊與大蜘蛛的三明治午餐

Guggenheim Museum, Bilbao

「如果買了古根漢，就要有把自己的眼睛送給別人的準備。」

—*Javier Urkuijo* 畢爾包評論家

每天看著大蜘蛛〈*Mamam*〉午餐，已經變成泰麗莎的習慣了；而看著泰麗莎每天吃三明治，竟也變成我的習慣了。畢爾包的這家古根漢美術館坐落在內維亞河邊，是*Abandoibarra*區的亮點，方圓兩里之內的任何角度絕對不會錯過它，鈦金屬的材質和曲線，總能散發出不同角度的光澤。一九九七年剛開幕的時候，*Jeff Koons*的作品小狗〈*Puppy*〉花團錦簇地像門神一樣迎接著各地遊客；現在，則是以美國女藝術家 *Louise Bourgeois* 的河邊大蜘蛛最引人注目。因為河邊開闊的景觀，所以每天中午泰麗莎總喜歡在這裡解決午餐。她大多數是一個人，偶爾好朋友莎拉也會加入，可能因為中午休息的時間不長，所以兩人幾乎都是簡單地吃個三明治然後一杯黑咖啡。我喜歡在旁邊偷偷聽的著她們兩人談心說笑，如果不是曾經見過泰麗莎的男友的話，我會以為這兩個好朋友是一對的，趁著午餐時間來約會一下，因為她們真的太親密太無所不談了。

泰麗莎在藝術大學攻讀博士，也同時是古根漢美術館負責策展部門的員工；莎拉則是在美術館禮品商店工作，她們兩個算是畢爾包城市改造計畫裡受惠的兩個人。一九八零年的畢爾包已經沒有鐵礦了，當然也沒了造船工業，不僅失業率高達百分之三十，河川污染，人口外移，整個城市灰頭土臉的沒有生機。加上一九三九到一九七五年間法蘭西斯柯·法蘭科（*Francisco*

Franco）對巴斯克區內巴斯克人的獨裁管理，因此畢爾包出現了幾次暴力抗爭與恐怖攻擊事件，導致有八百人的不幸喪生，這些都深深的影響了畢爾包這個城市的發展以及在世人心中的印象。

「還好，我們巴斯克政府決心改造畢爾包，泰麗莎，妳不覺得 *Joseba Arregi Aranburu* 真是太帥了嗎？」莎拉咬著三明治，眺望著架在河上的那座紅色聖母禱詞橋說。橋上車水馬龍，那是畢爾包的主要交通幹道。

沒錯，當年巴斯克政府決心改造畢爾包的時候，首長 *Joseba Arregi Aranburu*曾經帶著古根漢的克倫士館長乘坐直升機在畢爾包上空參觀，那時克倫士對這個沒落的工業城上興建古根漢美術館都還沒有想法的時候，*Joseba Arregi Aranburu*只問克倫士：「請不要疑慮大家對畢爾包的刻板印象，只要告訴我，蓋一座像龐畢度或雪梨歌劇院這樣等級的美術館需要多少錢？」當然，畢爾包的改造計畫不只興建古根漢當代美術館而已，在「*Bilbao Metropoli 30*」這個非營利組織的監督領導下，從交通運輸、都市計畫、建築型態以及地標性建築這四方面一起將畢爾包重新定位為文化休閒的歐洲城市。

「不過啊，我們也要付出很多的，妳想想看，古根漢有的是豐富的歐洲藝術藏品，但是卻用美國策展的觀念來詮釋藝術作品，這有可能會造成另一種文化危機的……如果我們對自體文化的認識不清或不堅定的時候……」泰麗莎是道地的巴斯克人，對自己的傳統文化有著清楚認知，甚至能說一口流利的巴斯克 *Euskera* 語。巴斯克是歐洲相當古老的民族，長期處於封閉的狀態，有著民族優越感，因此排斥外來的文化和語言，舉個例子來說，在西班牙幾乎每個城市的「*Tapas*」在這裡多被「*Pintxos*」所取代；不過，在泰麗莎身上，她可是把巴斯克和其他歐洲文化融和的非常好。她是新一代的巴斯克人，冷靜、理性，並且懂得敞開雙手與大腦擁抱接受全球化這不可擋的趨勢。

當初古根漢要興建時，大家都有著很多的矛盾，一些文化學者也十分擔心，泰麗莎還記得 *Joseba Zulaika* 曾說：「畢爾包人被傳統與現代化的強烈矛盾包圍著……他們應該認同什麼樣的政治、文化？是西班牙的？巴斯克的？還是全球化的？這是極其痛苦的矛盾現實……」這也是後來泰麗莎為什麼要進古根漢工作的最大原因，她想在這個體制內了解這個順著全球化軌跡發展而變得「產業化」的美術館到底是如何思考與運作的。

「但，妳不覺得古根漢確實讓美術館變得更有趣了嗎？他讓更多人願意接觸藝術，嗯，該說是看不懂的當代藝術。」莎拉笑著繼續說，自從古根漢開幕以來，第一年就吸引了超過一百四十萬人，還帶動了整個畢爾包的旅遊業，連莎拉哥哥都經營了所謂的「*Design Hotel*」，生意好到不行。

「是啊，這種現象就叫做博物館迪士尼化（*Disneyfication*），有個文化經濟學者叫做胡德（*M.G. Hood*）他說現在的博物館讓人們獲得的是符合迪士尼般所帶給人生理、心理、感受，統和性的參觀經驗，是一種感官的經驗；就像古根漢的〈摩托車大展〉、〈*Armani* 時裝回顧展〉都比其他展覽來得更令人印象深刻一樣，因為感官上的享受比智慧知識的經驗更容易引起觀眾的共鳴……」泰麗莎對莎拉眨了眨眼，並且問莎拉說，不是嗎，美術館商品店的生意總是那麼好，就像迪士尼樂園的商店一樣，很多人就算沒看到展覽也會想買個小東西回去留做紀念。其實，整個畢爾包城市裡關於古根漢的相關商品都賣得好到不行。古根漢美術館的小模型每年可以賣掉幾千個，變成鑰匙圈後，還曾經賣過上萬個。

建築師 *Frank Gehry* 用玻璃、石灰岩和鈦金屬將這座古根漢建立起來，同時也被選為二十世紀最偉大的十件建築，不僅讓自己名留青史，也讓畢爾包一躍而上國際觀光都市。

古根漢為這城市帶來的奇蹟，增加了政府的稅收，讓巴斯克政府推動更多的都市建設。但是大家也知道，這個奇蹟不全是古根漢的功勞，畢爾包像是準備參加國際宴會的淑女名媛，她需要一顆錦上添花的閃亮鑽石來被看見，而古根漢美術館就是這顆任何光線下都會閃閃發亮的鑽石。從這顆鑽石開始，畢爾包變美了，有完整配套的城市改造不僅解決了畢爾包的衰退，連畢爾包居民都開始以自己居住的城市為榮。

「說真的，這個城市振興計畫真的讓我覺得身為畢爾包的一份子是很光榮的呢，雖然我只是一個小店員，但是每天看到這些來自全世界的遊客用著讚嘆的眼神觀看著這座美術館的時候，我就覺得自己真是幸運……但同時我也會擔心，萬一大家都不再對這裡好奇了呢？或者，古根漢退出這裡了呢？」莎拉低頭看了看早就喝空的咖啡杯。

「才不用擔心呢，我們的這個城市振興計畫才不是隨便說說的呢，我們有全新的音樂廳和樂團；還有我們自己西班牙造橋大師 *Santiago Calatrava* 幫我們蓋的白橋；日本設計師 *Isosaki* 設計的雙塔；以及沿著河岸連結我們新舊城區的水岸步道，妳看我們的城市有多好，簡直就是世界建築賞！而且，比起其他城市，我們的生活費也不高，最重要的是，我們是一群正視自己民族文化的伊比利巴斯克人啊，所以才不用擔心古根漢的退出呢……」

泰麗莎和莎拉真的很有意思，我常常偷聽著她們的對話，想著真是憂國憂民的兩個女人，真是少見。

但，有時候也是會有這樣的對話出現的：

「下班後要不要去 *Tropezon* 喝兩杯？」

「好呀，不過我不想讓我的 *Puppy* 跟耶……昨天跟他吵架了，現在還在鬧彆扭不說話中……」

「這樣啊，那我也跟我的大蜘蛛說，今晚是女孩的聚會好了，讓他不要來，我就可以陪妳痛快的多喝幾杯……」

沒想到古根漢美術館對這城市居民的貢獻還有這個，讓世界級藝術作品成為他們生活裡的代號或暱稱，還真是把藝術生活化發揮極致的城市。而，我這個總是能偷聽泰麗莎和莎拉說話的究竟是誰呢？來一趟畢爾包古根漢美術館，或許你就會知道了。

曲麻河鄉・藏藥鋪

次仁白馬的決定

次仁白馬是個帥氣的藏族青年，並且擁有一個翻成漢字後很浪漫的名字，每次他向漢人介紹自己的時候，都會用很藏式的漢語說：「次仁白馬是人，不是馬，是一流的藏人，不是次等人，不騎白馬，但開著一輛白色的吉普車」。每當他這樣一解釋之後，很多人反而就不記得他的名字了，不過沒關係，他飄逸的長髮、高挺的鼻樑、細長的雙眼和深色的肌膚，任何人只要看過一眼，想忘也難。

次仁白馬所生長的這個曲麻河鄉總面積有一點七萬平方公里，而人口只有三千人，百分之九十九的長居人口都是藏族人，平均海拔四千五百公尺。偶爾這裡會有些路過的遊客或外來人，但是因為高寒缺氧的氣候，多數人到這裡時都呈現一種頭痛想吐神智不清的狀態，如果剛好遇到次仁白馬，他會建議你多吃多喝但盡可能的不要在車上睡著，否則那種痛的想把頭切掉的高山反應會一直跟隨著你。

次仁白馬喜歡邊吃肉邊喝茶的告訴遠道而來的客人說，這裡空氣的缺氧量有百分之四十，跟平地不一樣，因為他們其實只要一點點的氧氣就可以思考，就像他們的數學主要是用來計算羊和犛牛，再複雜一點的，他也算不過來，也沒有甚麼你爭我奪的煩惱，加上食物也只有那幾樣，健不健康不知道，但是應該很環保，所以他們不需要太多氧氣，輕輕呼吸就可以過得很好，氧氣就留給平地人吧。

前年春天來臨之前，次仁白馬做了一個決定，他決定去辦張「身分證」，給自己一個所謂的身分，都開始使用智慧型手機了，總不能還跟高原上的那些野氂牛一樣在這個世界上神出鬼沒地沒有任何記錄吧。

「幾年生的？」鄉裡辦事員看著面前的表格，問次仁白馬。因為次仁白馬交給他的時候除了姓名和性別之外，幾乎甚麼都沒填。

「嗯，一九八幾年好像是。」次仁白馬很努力的想，但是他真的不是很清楚的知道自己是那一年被生下來的了。他告訴那位漢人辦事員，高原上大部分的小孩都是這樣的，生下就是一條生命，不用去記錄，因為佛祖知道，父母知道這就夠了。若是以藏族相信的輪迴來算，還真說不出次仁白馬這條生命到底是出生在哪個時候呢。有了身分證之後還把藏族搞得很錯亂，據說有個二十歲才念小學二年級的，大家都搞不清楚是這個人長得太大還是學校教的太慢。

一九八八年八月八日，是次仁白馬和辦事員共同決定的生日，他們兩個都覺得這個日子好記，所以就是這一天了。本來辦事員是建議用十月一日或八月一日，但是次仁白馬說，自從玉樹地震後，八一現在對他來說就是個醫院的名字，而十一這個日子又太偉大，他怕被抓走，要不就三月三或五月五。最後為了配合出生的一九八八年，所以就選了八月八日，雖然一九八八年也只是一個選擇而不是確定，但是次仁白馬真的一點都不介意，「沒事兒、沒事兒」他用捲舌的漢語很清楚地對辦事員說。

差不多是辦身分證的那個時候，次仁白馬也同時做了另一個決定，他決定了要好好的為這個村子做點甚麼。即使每個藏族姑娘自己都有著一頭長髮，但是當次仁白馬長髮飄逸的出現在村舞蹈練習場時，還是驚艷了全場。

幾年前，在次仁白馬還沒熱衷傳統舞蹈的時候，這個村的舞蹈團就像乾掉的奶渣一樣，零碎散亂；但自從次仁白馬的出現，就像山頭屹立了體積壯碩的野犛牛那樣，所有的母犛牛彷彿只有一個期待，那就是不斷地靠近可以稱王的次仁白馬，特別是每當他舞蹈起來，那飄逸的長髮在陽光下的奔放，完全沒有其他藏族男人可與之相比。所以很快的，卓瑪就讓出了團長的位置，並且連編舞的重責大任都交給次仁白馬。只可惜，州政府所辦的舞蹈大賽那天，次仁白馬因為牙痛所以無法上場，但是他帶領的這個小村舞蹈團卻是得了第一，大家欣喜不已。

比賽後，卓瑪也私底下央求次仁白馬無論愛上了誰都不要結婚，這樣這個舞蹈團才能有無比的向心力，才能年年得第一。次仁白馬雖然思考很簡單，但這個道理也是懂得的，所以他對每個女團員都很好，也都採取秘密交往，決不讓哪一個認為自己是「唯一」。人人有機會的狀況下，次仁白馬讓整個小村的舞蹈團生氣盎然。

不過，跟女人好聚好散的秘訣還是要歸功於次仁白馬的一頭秀髮。他說，女人對他愛與不愛都是因為他的長髮，因為那是有魔力的。每當他要分手的時候，他就會要女孩撫摸他的長髮，然後他會唸出一段咒語，當咒語結束的時候，女孩對他的愛也就自然停止，也沒有一滴眼淚，從來沒有出過差錯。次仁白馬說，這是小時候二大爺教他的，二大爺說，只要在適當的時機下唸出這個停止咒，即使是山中的泉水，也會突然靜止。次仁白馬當然沒有對大自然唸過這個咒語，因為吹拂的風，天上的雨滴，小溪的流水，都是恩賜，如果停止了，大家在高原上的生活就麻煩了。

話說那個舞蹈比賽結束後，牙痛的次仁白馬走進了叔叔的藏藥鋪，這家藏藥鋪這也是曲麻河鄉唯一的一間醫療衛生單位。次仁白馬的叔叔年輕的時候曾經跟著他出家的叔叔，也就是次仁白馬的二大爺在寺廟裡學過藏醫，因此精通藏藥與藏民的身體。叔叔雖然成家生子，但每天堅持穿著出家人的衣裳在村子裡行醫，他的說法是，雖然沒能真的進寺廟修行，但是他那顆心早已在佛門之中，所以仍想穿著出家人的衣裳以示虔誠。

叔叔這間不到十坪的藏藥鋪，四周架子上堆滿了各種草藥，也因此混雜了各種草藥味，次仁白馬早已習慣，一進門就坐在小板凳上，他張開嘴告訴叔叔是那顆牙在作怪。

「次仁白馬你呀……」叔叔搖了搖頭，說：「作怪的那個，在心裡，不在嘴裡，你，得意忘形，才牙齒痛，你的心神跑到天上關不住，像火燒了，才會牙齒痛，你知道嗎？」叔叔搬出了他的醫法大全，告訴次仁白馬說，身體是很聰明的，它在幫心工作，若心有不對的地方，身體的哨兵就會發出警告，像牙齒、闌尾和扁桃腺都是，如果次仁白馬有顆閒靜的心，鬆散的用藏族的方式生活著，不僅不會牙齒痛，應該全身無病才是。

「還有，你吃太多甘甜和肥美了，傷胃傷齒才會，你已經不像藏族了，你看我的……」叔叔用食指用力敲了敲他的門牙，發出鏘鏘的聲響，不需要用眼睛看就可以判定是健康的大門牙。

「叔叔，現在這個年代的藏人哪有牙齒好的啦，我們這個年代跟你們的那個年代早就不一樣啦。你們的胃腸都很乾淨，沒有垃圾，但是我們腸子裡的都是方便麵和哇哈哈啊！」次仁白馬說到這裡，自己也很不好意思的傻傻笑著。他梳理了自己的長髮，然後將頭傾斜倚靠在叔叔的木桌上。

叔叔決定要幫次仁白馬拔去那顆已經困擾他兩年的智齒了。只是，在叔叔這裡拔牙，既不會先照X光也沒有麻醉，拔完了也不會有止痛藥和抗生素。而且，叔叔的拔牙工具只是一把鉗子。

「萬一我流血不止怎麼辦？」雖然是自己的叔叔，次仁白馬還是感到非常害怕。

「一年一百顆，鉗子一支，流血沒有，發炎沒有，感染生病沒有……」叔叔邊說邊要次仁白馬把嘴張到最開。次仁白馬緊張的身體有點顫抖，他緊閉雙眼……然後他聽到了奇妙的聲音從臉上方的空氣中傳來。次仁白馬睜開眼睛尋找那厚實聲音的來源，他看到叔叔的嘴念念有詞，並且愈念愈快，聲音愈來愈大。節奏明確、韻律重覆，聽著聽著，次仁白馬彷彿聽到的不是普通的人聲，而是一種飄揚在藍天之下的樂音，次仁白馬覺得好熟悉，他輕輕地閉上了眼睛，他看到了經幡的飄動，高原瑪尼堆上的六字箴言，通天河上閃爍的波光，紅水河邊的成群的牛羊，冰雪中屹立山頭的犛牛，當然，還有幾個跟著他翩翩起舞的藏族姑娘……天啊，這不是自己唸給那些女孩的咒語嗎？是「停止咒」沒錯，原來，聽著這咒語，竟然能有這麼奇妙的感官連結，那些女孩聽到我念的咒語時，心裡所看到的是不是也跟此刻的我一樣呢？

再次睜開眼睛的次仁白馬，第一眼看見的是那顆被拔掉的智齒。他本能地用舌頭舔了一下原來智齒的那個位置，空了，喔呀，痛，但是，竟然沒流血。叔叔口中所唸的停止咒竟然讓他拔了這麼大一顆牙卻沒流一滴血，痛當然是痛，但卻沒有想像中應該有的疼痛，而且傷口上也沒有被塗抹任何的草藥。

叔叔安靜的坐在他那張鋪著厚實藏毯的木椅上閉目養神，次仁白馬一度以為叔叔睡著了，正想起身離開的時候，叔叔又開始了對次仁白馬的告誡：「別貪小便宜，當然大便宜也不行，貪心患得患失，會心臟生病，懂嗎？如果是心臟的病，我唸再多的停止咒也沒辦法幫你的……」然後叔叔喝了茶，又繼續了他的閉目養神。

次仁白馬開著他的白色吉普車在高原上的土路奔馳著，所過之處高高地揚起了一道塵土。他左手腕纏著那條母親給他的佛珠，佛珠中夾雜著蜜蠟與小金剛杵，這串佛珠已經是次仁白馬的一部分了。他想著剛才在叔叔藏藥鋪的經歷，明明應該是痛苦的拔牙，卻因為叔叔的停止咒而讓他覺得不只牙齒的問題解決了，好像心靈也受到了一次洗滌，感覺整個人鬆散美妙了起來。他憶起了小時候那個出家的二大爺曾告訴他，人治不了的病要靠神治，神治不了的病要靠佛治，佛是甚麼呢？如何才能找到佛呢？佛就是心，一直住在你身體裡的……。

眼前，依然是高山寒漠的景象，羊群依然默默地低著頭尋找細小的乾草，但是次仁白馬卻覺得心裡的那片藍天放大了好幾倍，他終於搞清楚了，原來他的魔力不是來自他美麗的長髮，「長髮一甩問題就能解決」這樣的狀況，原來一直是個美麗的誤會。於是次仁白馬又做了一個決定，他決定把頭髮剪短並且真心的去愛一個人，再也不要唸停止咒給那些心愛他的女人了。

一九九〇年夏・聽風的歌

宜蘭・弘志巷

「巧合，不只存在書中
真正的巧合，會跨越時空
讓你誤以為，它其實是命運。」

我的小書局不知怎麼就變成了一個二手書店了。二手書店，應該也算是資源回收且再利用的一種吧。

當我二十五年前從父親手上接過這家弘志巷的弘志書局時，它可是市裡面最大最知名的（比隔壁這家馳名全島的冰店要厲害多了）。倒不是因為書進的多，主要是因為我採用了當時最先進的複合店概念。我不僅賣書（參考書為主）還賣日本進口文具，以及限量的火車模型，這樣的店在當時可說是相當先進的呢。藉由參考書，我跟整個宜蘭的中小學生，中小學老師變成朋友；因為日本文具，我娶到了我的太太；而為了紀念我曾經當了三年的火車司機，我收集世界各地的火車模型，並且放在店裡讓客人也能一同欣賞，所以我是鄰居眼中有著優雅收集興趣的慷慨好人。

算命的說我是個老靈魂，這也解釋了為什麼我從小就對舊的東西有好感，跟老人比跟年輕人合得來，就連出國旅行我都喜歡到些古城古鎮，對摩登都會無感。我就像電影「午夜巴黎」的男主角一樣，總覺得逝去的那個年代才是最好的年代。因此我喜歡雙城記，喜歡到每天早上刷牙時都會想一遍那故事的開頭「這是個最好的時代，也是個最壞的時代……」。

所以，我會對二手書有興趣不是沒道理的。我總認為每一本二手書都有它獨特的個性和靈魂。就像出自同一個娘胎的兄弟姊妹一樣，因為每個人不同的際遇，於是有了不同的個性。加上不同地方陽光的陪伴，也慢慢有了那屬於自己獨一無二的色彩。比起我的火車模型，這幾年我更愛這些二手書，特別是那種幾乎要被翻爛而且滿是油污咖啡茶漬在封面的那些。

誠實的說，我靠著〈想像這些書經歷過的故事〉，安靜的過著我男性的更年期，我老婆總是強調男人也有更年期。我想像它們曾經如何被愛，然後如何的被遺棄，跟大多數的愛情模式是一樣的。

這樣沉溺在二手書上的我，當然也就慢慢的把以賣參考書為主的書店轉型為地方上第一家二手書店了。為了豐富書量，一開始我也還有外出收書的習慣，兩年之後，我就犯懶了，只坐在店裡等人來。當然最主要的原因是，兩年的時間讓我跟宜蘭羅東附近擁有大量藏書的人都做了朋友。其實宜蘭不止是出政治人物，這裡也還挺多文人墨客的，而且還愈來愈多。就像是宜蘭商職的那位劉姓老師，他家中所有較為值錢的絕版書，都被我收購來了，為了答謝他的出讓，我連劉老師集了四十年的三大箱郵票都一併高價買下。劉老師因為送女兒出國深造所以才忍痛割愛，這點讓我相當佩服。我不知道哪天如果我家女兒也要靠我的資助出國或者創業，我能不能把我心愛的書和火車也賣掉變現呢？

還好，現在女兒醉心在她的網路衣著店，每個月進帳比我還多。我的存在是因為老顧客的存在，女兒的網店是為了證明自己的眼光以及跟得上時代的行銷手法。剛開始，我幾乎不挑書的來者就收，直到兩年前，因為那本書的事件，才讓我發現，選書不如選人。現在，如果沒有看到書的主人，我是不會把書留在我店裡的。但女兒不同，她的客人是男是女是高是矮一點也不重要，重要的是錢先付了。

兩年前的那個下雨天，我看著他穿著一件其實並不擋雨的風衣進到店裡，因為面孔太過陌生，所以我注意著他，並且眼光跟著他了好一陣子。但是這傢伙，感覺像是要買「書店」而不是買書的上上下下的打量著我這家不過十五坪的小店。我於是走過去問他：

「您好，找什麼書嗎？我想我可以幫你的忙。」

「嗯，我不是偷書賊……」他拿下沾了雨滴的眼鏡，用風衣底下的黑色

t-shirt 擦了一下。

「不是不是，您誤會了，我不是那個意思，實在是敝小店的書太亂了……」突然我變得不好意思了。

這個男人拿掉眼鏡之後，我才發現，他雖然身形年輕，但是臉上的皺紋其實還真不少，應該跟我差不了幾歲吧。

「嗯，對不起，我也不是那個意思，因為最近沉迷在偷書賊的故事裡，好希望那是一本永遠看不完的書，所以才會恍神的回答你。」

確實，〈偷書賊〉是近期最令人感動的小說之一了，聽女兒說，還被拍成了電影，且女主角非常漂亮搶眼。我那個總喜歡一邊看書一邊流眼淚的老婆，更是因此而質疑起了我的事業。

「老公，世界上有這麼多好看的新書，你為什麼要賣二手書？不斷的寫新故事，也是這些作家對我們的承諾啊。他們寫新故事，我們看新故事，有些，還被拍成好看的電影，然後他們再寫新故事，我們繼續被新故事感動，並且期待每次的下一本，從人類喜新厭舊的角度來看，這不是一件比較人性的事情嗎？」

很多時候我都不知道該如何回答我這個老婆的問題，特別是，她常常問的很有道理的樣子，如果我不是常識淵博並且比她更懂得瞎掰的話，應該每天會被問倒三次吧。

「你想想喔，老公」我的老婆繼續她的二手書店不應存在理論，「一家只賣村上春樹〈聽風的歌〉的店，還是珍貴的初版一刷喔，和總是有村上新書的店，哪一家比較受歡迎而且被需要呢？這樣問好了，哪一家的生意會比較好呢？」老婆用二十年前歪著頭問我到底有多愛她的表情看著我。我知道她期待我立刻給她一個滿意的答案。

老婆看的書不比我少，去過的地方也很多，也喜歡藝術，但是她最讓我佩服的還是對於文具的獨到眼光。

「老闆，這種集五種顏色在一支上的原子筆一定會大賣，並且是未來上班族的最愛，你應該多進一點，至於那種單色過細的水性筆，不是斷水就是漏水的，很不好用，建議你下回不要再賣了。」我還清楚記得我第一次見到我年輕貌美的老婆的時候她給我事業上的建議。果真，就像她所預期的，該暢銷的就暢銷了，即使是小鎮老師也是人手一支啊。

當年我因為要追她，所以不管她提的建議我認不認同，我都去做。而她呢，為了要證明自己對於文具的獨到眼光而跟我靠近。我們兩人各取所需的完成了終身大事，一路上沒有甚麼大風大雨的穩穩的守著這家店。

說回那個下雨天吧。我和那位先生的偷書賊話題進行了幾分鐘之後，我就讓隨他自個兒在店裡找書了，我也窩回自己習慣的椅子裡，戴上耳機看書。戴耳機這個習慣已經跟著我三十多年了，年輕的時候除了洗澡、上課以外，我可以二十四小時戴著耳機。那時候每個大人都恐嚇我說，長大後一定聽力會有問題，說不定很快就變成聾子，所以少戴為妙。現在的我聽力是沒有正常人那麼好，但也還不到需要助聽器的時候，並且只要一戴上耳機我就能跟現實世界脫離，跟著音樂進入我自己的故事裡。幾乎可以這樣說，要不是台鐵規定開火車不能戴耳機，我應該現在正開著普悠瑪號經過漂亮的宜蘭海岸呢。

「不好意思，我想找回我的書。」那位先生突然出現在我眼前。

我隨即拿下耳機，想再次確認他所說的：「不好意思，您說的是哪本書？」

「聽風的歌，民國77年的初版一刷。」

「ㄟ……」我突然想起老婆曾經問過我的那個問題。「一家只賣村上春樹〈聽風的歌〉的店，還是珍貴的初版一刷喔，和總是有村上新書的店，哪一家比較受歡迎而且被需要呢？」這，會不會太巧了點啊。

「我們有這本書，但我不確定是不是〈你的那本〉」我的腦海開始浮出〈聽風的歌〉的初版封面。民國77年的時候台灣沒甚麼人知道村上春樹，還必須靠很多日本人的推薦來認識他，我也是在那本書上第一次看到「和魂洋裝」這樣的形容，對村上春樹的形容。

我這個年代的台灣文藝青年對三島由紀夫不再有那麼高的崇拜，那時的我們，或者我，對於青春、浪漫和個人主義的看法多少都受了村上春樹的影響，從聽風的歌〈中國來的慢船〉到失落的彈珠玩具以及之後的那麼許多，似乎都超過了西方一些思想家或者文學名著的影響。我們也比較不熟讀索忍尼辛，但是對米蘭昆德拉的每一個故事都激動萬分。〈生命中不能承受之輕〉開啟了我們對於那個城市那幾個年輕人與那個歷史事件的一個新的觀點，改編的電影也創造了小說裡沒有的東西，讓整個故事更有張力，導演把影像的力量釋放出來，讓看完電影的觀眾也想在那樣的街頭經歷一次那樣的小型革命，懷抱理想的街頭運動。想想看，能跟志同道合的陌生人併肩走在一起，一起大聲呼喊，也許一起走一小段，然後分道揚鑣，那是多麼浪漫的相遇跟分手啊。

想到這裡，我的情緒還有點激動了起來。

我走到第二排書架的後端，不費什麼工夫就看到了像老朋友的熟面孔一樣的這本〈**人間叢書130　聽風的歌　村上春樹著/賴明珠譯**〉，從書名到賴明珠譯都是粉紅底的反白字，封面上除了書名跟插圖外就是那經典名句「一九七零年夏。那夏季的海風、苦澀而憂鬱地掠過……」。我隨意翻了一下，發現書名頁上有一行淺藍色的鋼筆字「認真生活，不必太認真工作」。這行字不潦草但也不夠端正，生活的「活」和工作的「作」這兩個字好像都是用一筆畫寫出來的，感覺被寫的有點匆忙。對了，二手書最有意思的地方，就在這裡了，常常會讓你發現當年讀書人的註記，贈書人的勉勵或者藏書章之類的，這讓你對這些書的經歷充滿了幻想。這本聽風的歌不只泛黃，內文的紙張上還多出了很多大大小小的斑點。呵，這本書還不到三十歲，卻已經老成這樣了，原來的擁有者大概沒有好好的照顧它吧。

「這是民國77年的初版一刷，不過不知道是不是〈你的書〉？」我把聽風的歌交到他的手上。接過書的手很秀氣，大小適中，跟他的身高很一致，通常我喜歡看人的手去猜他的工作，不過這個人我倒是第一眼猜不出來。這個略為偏瘦的單眼皮男人有種很獨特的氣質，相對於滑鼠這樣的東西，我覺得他更適合拿筆，但他又沒有大學學者的書卷氣，反而是有種類似參加群眾運動所需的力量被他貌似平靜的外表給壓抑住了，單眼皮下應該要散發出的凌厲眼神卻被溫暖取代，反而有點不協調，我想，我想出他年輕的樣子了。看的太仔細了，突然覺得不好意思也不禮貌，我於是窩回我自己的地方。

不知過了多久，穿風衣的單眼皮男人放了二百塊錢在我面前，拿著那本聽風的歌，逕自走出店門，我看著他的背影，看見外面的雨依然小小的飄著。

當天晚上，我告訴老婆一個故事，很巧，這個故事的名字裡也有聽風的歌。我戴上耳機，開始述說……

………………………………

一九九零年夏・台北・聽風的歌

她低著頭快速地走進會議室，害羞的臉都發熱了，覺得所有的人都看著她，也應該是這樣的，才剛大學畢業就順利的進了這家在業界頗有名聲的公司，又很幸運的負責這個案子的都是圈內得獎無數的大創意，這讓她這個新人變得非常礙眼，因為她真的太青澀太美好了。會議裡她不敢發言，認真的聽大家說話然後做記錄。

那是一九九零年，那是台灣廣告業最美好的年代。

她很快就因為有效率又聰明而受到注意，加上她細瘦的身材與好看的眼睛，很快的公司就開始有人在追她了，而且是很多人。不過她對同年齡的男人沒甚麼興趣，她眼光很高，高到喜歡上早已經是屬於別人的閃爍星星。

她總是有心想事成的運氣，竟然如願以償的開始跟那顆星星約會。幾次的午餐與晚餐之後，她戀愛了。她愛上跟他在一起做的每一件事，一起喝四十五元的咖啡，一起逛書店，一起讀一本書，一起吃著天津街巷弄裡的鰻魚飯，一起看奇士勞斯奇的電影，甚至沒有目的的開著車在高速公路奔馳著。

「只要和你在一起」她心中單純只有這個願望。

她生日許願，她說，「希望能和你在一起連續二十四小時，只要一次就好。」

他們於是開著車向台灣最南方奔馳。

繞過最南端的時候，她在心裡說：「謝謝你繞了台灣大半圈，也讓我跟你的記憶順著國道延展著，我想要的就是這樣的記憶，和你一起經歷著甚麼的記憶，自私的只屬於我們兩個。」

他們坐在車裡安靜的等待著太平洋的日出，她睏極了，但又甜蜜至極。她告訴他無論以後會不會在一起，她一輩子都會記得這個秋天兩人一同面向東方的這個清晨。她感謝他。

但她其實不知道，她從來就不是一廂情願，至少在那一刻，這個男人對她的愛比她想像的更巨大。

「嘿，我們走東邊回去，我順便帶妳去看我的老家。」他說。

「是嗎？從東邊回也會經過我家呢！不會你也住宜蘭吧？」她原本就很大的眼睛睜的更大了。

他第一次主動靠近她，第一次把她拉到鼻尖前，問她，妳不是住板橋嗎？他說自己從小在羅東長大的，直到大學才搬到台北。

「你是宜中的嗎？」她睜大了眼睛問。

他點頭。

「天啊，你高一的時候我正在念女子國小二年級耶……」她的音調充滿了驚喜。

「你高一的時候一定曾經從我身邊騎腳踏車經過過……難怪第一眼見你就覺得很熟悉……你有想過有一天會跟女子國小的女生約會嗎？」關於這個巧合她興奮極了。

他們的互相依戀就從這二十四小時開始。然後，她清出了一層五斗櫃讓他放進內衣褲。然後，他把自己收集了十幾年的火車模型搬到她租的公寓裡。然後，她幾乎擁有了他的每個二十四小時。她喜歡他用有點不標準的國語說著某一次的社會運動，她喜歡他說出的每個故事，因為每個故事裡都有他對台灣這片土地的熱情與夢想，他的成熟與價值觀為她年輕的生命開啟了不同視野，也不知不覺的為她日後的思想觀念開始塑形。

「我想當你一輩子的小女人」她撒嬌的說。

「不准！永遠不要依附男人只做個小女人，妳要有自己存在的價值。」他嚴格的回答她。

她開玩笑的說，他的角色太多，一下是愛人，一下是嚴父加老師，一下又是她的忘年之交，常常讓她也忘了自己的角色。

他喜歡在她熟睡時為她拍照，他喜歡用鋼筆留下一張張藍色字條給她，他喜歡跟她玩字條接龍遊戲。

「沒有妳的雙人床……」他寫。

「沒有雞蛋的統一布丁……沒有外遇和私生子的八點檔……沒有下雨的宜蘭冬天……沒有周年慶的SOGO……」她回他，用她那支集五種顏色在一支上的原子筆的紅色。

「即使閉著雙眼，我也可以感受到妳明亮的眼睛。」他寫。

然後，她用綠色的筆心回他：「下一次，我要笑多一點，愛多一點，然後你要帶我坐火車環遊世界。」

他愛她的青春直接與不顧一切，她愛他如兄長般的溫柔與充滿智慧。

只是，在這段愛情裡，他其實比她更耽溺，他離不開她。

他外出拍片，說自己不知該怎麼控制那種正極找不到負極的想念，那種不管在陽光下還是黑夜中都讓他窒息的想念。他說他對著疾駛的火車大喊她的名字，像個生命飽滿的高中男生。

不過，她不是一個沉溺愛情就沒有其他的女人，她依舊認真的工作。每天七點鐘他都會在車裡安靜的等待她下班。她說不好意思第一個下班走人，所以總是遲到，他也總是安靜的餓著肚子等她。

只是等待不一定都會有好結果。年輕的承諾好像餐廳裡的海報，活動一過期就被撕掉了。

在一起滿六年的那個冷冷的周末，兩人又開車來到石門水庫的槭林。如同過往每一次一樣的手牽著手散步。

「老夫老妻就是這樣的感覺嗎？」她輕輕地踩著地上掉落的樹葉。

兩個人之間那種怦然心動的感覺什麼時候開始不見的呢？還是在哪個事件之後開始消退的呢？她想不起來。太熟悉彼此了，所以不再探索對方，知道說甚麼做甚麼會讓對方開心或生氣之後，一切都有模式可循。

「這樣不是很好嗎？」他緊握她的手，仰望灰色的天空。他知道這不是個會令她滿意的回答。

「我想回宜蘭陪我爸一段時間，順便也好好想想還要不要再繼續做廣告，你知道我一直想出國去念藝術史的，最近又再想起這件事，我想趕在三十歲之前，但我最想聽聽你的意見。」她很認真的看著他的單眼皮，她就是從這裡開始愛上他的。

他知道，她若走了，兩人之間的一切就結束了。他們只會記得彼此現在的樣子，未來就算再見，誰也不會認出誰來。況且，她還這麼年輕，當然喜新厭舊，她喜歡男女歡喜曖昧的那種感覺，她要的是戀愛、激情、不確定，而不是一個安定的居家生活。他清楚的知道，出國只是她要遠離的一個藉口，因為他們的關係，已經變成無法為她帶來新鮮感的老夫老妻了。她不是不愛他，只是，就僅僅是「習慣的愛著」而已。

那個周末夜裡他淚流滿面的進入她，用從未有過的激烈肢體來表達內心的痛苦與悲傷，他曾經不負責任的選擇了她，而當一切趨於平淡的時候，他將變成孤獨一人。

他在她熟睡時離開，什麼也沒有帶走。

她在夢未結束前醒過來，看見旁邊枕頭上有一本書。他用他最喜歡的藍色鋼筆在書頁上寫了一行字給她，「認真生活，不必太認真工作」。她知道她傷了他的心，她知道一切就這樣結束了。但此刻的她還不知道，這句話徹底的影響了她未來的日子，並且在她青春懵懂的時候出現的這個男人所教她的每一件事，讓她變成後來的她。更重要的是，她將永遠不再遇見這種一箭穿心的愛情了。

清晨，宜蘭高中圍牆外的弘志路上，少年頭戴大盤帽，快速地騎著腳踏車上學，一個轉彎，他看見戴著黃色帽子的小女孩在路隊裡跟他招手，他緊急煞了車，有點好奇的回頭，原來，女子國小二年孝班3號女生招手的，是那個美好的未來，而不是他呢。

……………………

故事說完，我拿下耳機，揉了揉耳朵。我那個最會看書流眼淚的老婆雙眼含著淚水問我說，後來哩？

「沒有後來妳都哭成這樣，有後來還得了……」

「有後來就不會哭了，你為什麼總是喜歡編這種沒尾巴的故事呢？」

很多故事都沒有後來的，人生不就是這樣嗎？只有好萊塢的賣座大片才有後來，才有續集，關燈睡了吧，再怎麼說那都是別人的故事啊，我告訴老婆。